COLLECTION DU GOÉLAND

Dans ses voyages au long cours, le goéland, cet oiseau marin, survole les continents de l'Arctique à l'Antarctique. Il plane sur les côtes et les baies, les lacs et les rivières jusqu'à l'intérieur des terres.

La collection du Goéland, par la diversité de ses auteurs et de ses sujets, vous propose de le suivre dans ses merveilleux voyages au fil des mots.

le ru d'ikoué

yves thériault

le ru d'ikoué

roman

Illustrations de Michelle Poirier

LES ÉDITIONS FIDES, 235 EST BOUL. DORCHESTER, MONTRÉAL

Le texte du présent ouvrage est celui de l'édition
originale parue dans la collection « La Gerbe d'or »,
aux Éditions Fides, en 1963.

Cet ouvrage a été publié grâce à une subvention
du ministère des Affaires culturelles du Québec,
au titre de l'aide à la publication.

ISBN : 0-7755-0631-1

Numéro de la fiche de catalogue
de la Centrale des Bibliothèques — CB : 77-2100

1

C'était de l'eau bonne, vivante sur la langue quand on la lampait. De l'eau engendrée par Kije-Manito et rendue aux gens de Sang.

Ikoué le savait, qui venait de découvrir le ru caché, qui y avait trempé les doigts pour goûter à l'eau neuve.

Il l'avait tout de suite reconnue, lui avait rendu hommage. Elle était sienne de destin, de don prévu, faveur de Kije à qui il avait tant de fois demandé la révélation.

Accroupi sur la rive, Ikoué avait donc incliné la tête et murmuré des mots anciens de gratitude et de joie, des mots appris et retenus autrefois sur les genoux de sa mère.

Kije, ordonnateur.

Kije-Manito, dispensateur.

Kije généreux, voici ton eau qui est maintenant mon eau.

À seize ans, Ikoué sentait confusément qu'il accomplissait une sorte de destin.

Venu ce jour-là de la haute Cabonga, après avoir traversé les pays tremblants pour atteindre les collines boisées, cheminant comme il le devait en droite ligne vers l'ensablure bien plus bas où se dressait le *mikiouam* de rondins qu'habitait sa famille, le jeune Algonquin n'avait peut-être pas cherché l'eau neuve. Seulement, il l'avait soudain entendue bruire à la lisière de ce chemin neuf qu'il parcourait.

En rampant à sa découverte, il avait trouvé l'eau verte sous une frondaison entrelacée.

Elle était devant lui, paisible ici, mais nerveuse plus loin, plus bas ; verte à ses pieds et blanche là où elle se tordait sur les rochers, grondant doucement, chuchotant de toute sa voix d'eau vive. Si belle.

Merci, Kije.

Il resta une heure, les mains ballantes dans le courant tendre, enfoncées jusqu'au poignet. Il reprenait souffle après la fatigue du chemin, se nourrissant de l'eau, la vénérant aussi.

Merci, Kije-Manito, père de mon père et de son père avant lui, créateur du poisson qui nage, de l'insecte qui bruit, de la terre qui nourrit, de l'eau qui abreuve.

Puis il se releva et prit ses nords.

Mais à seize ans, s'y pouvait-il fier ? Comme il devinait cette eau, elle venait peut-être d'ouest, cherchait le sud ; elle originait en deçà du partage, c'était sûr, et devait nourrir des lacs dans le bas pays entre les Huit Montagnes.

Qui sait même si elle ne sourdait pas sous quelque vallée de mousse et ne formait pas là un autre Pays Tremblant ? Qui pouvait dire la source de cette eau, son cheminement, sa destination ?

Ce qu'en apprenait ici Ikoué n'était rien. Si peu qu'un Blanc en eût appris davantage peut-être. Ikoué eut mal à l'âme de n'avoir que seize ans...

Kijewatis, toi le généreux, le bienfaisant, aide-moi !

L'adolescent savait bien qu'en emmenant ici Atik, son père, tout le mystère de cette eau serait dévoilé. Mais il entendait garder le secret, il ne recourrait à quiconque, pas même à son propre père.

Certes, Atik eût vite inventé la géographie de ce ru. Il l'eût retracé jusqu'à l'eau mère, bien plus haut, et en eût déterminé toutes les issues, les prolongements, les bassins, bien plus bas.

Mais Atik l'Ancien, Algonquin de bon sang et de bonne race, possédait force, science et sérénité. Il savait retenir à lui trois filles, onze fils et la femme qui les avait conçus. Il savait de la forêt les moindres tressaillements, de tous les sols les poussées les plus imperceptibles et les plus légers effondrements. Il comprenait tous les sons de bêtes, comme elles, et s'en faisait entendre à son tour.

Il savait la pensée de l'oiseau par son vol, l'angoisse du poisson par ses feintes brusques. Il pouvait dire où se nichait l'insecte, où courait se tapir le renard. Ne disait-il pas, pour qui le voulait croire, savoir même de l'arbre la frustration secrète et la pensée d'âme, seulement en caressant la feuille ou en posant la main sur le tronc pour y sentir monter la sève ?

« J'ai », se disait souvent Ikoué en cheminant à travers bois et sentiers, « mille ans de retard et je ne saurai jamais tout ce qu'il sait... »

Mais l'eau, prétendait Atik, enseigne autant qu'elle abreuve et nourrit.

« Sache bien, toute heure », disait Atik à son fils dernier, « connaître l'entier de l'eau, sa venue, son but, la fidélité qu'elle éprouve envers son lit. Par son goût connais-là pour tienne, le cas échéant, ou pour celle de ton ennemi. Que tu la devines, elle qui est le plus grand des mystères, et les autres sciences te viendront de surcroît. Pressens si tu le peux les désirs de l'eau, ses formes, entends ce qu'elle dit, et tu verras comme rien ne t'échappera plus du pépiement d'un oiseau, de l'appel d'un caribou, ou des ruses d'un vison. »

Paroles savantes.

Paroles de forte sapience comme bien peu d'Algonquins en savent aujourd'hui prononcer. Mais Atik est un sage, en effet ; il n'a que peu renié les anciennes choses. Il sait encore tout ce que savaient ses pères. Il sait en plus tout ce que doivent connaître ses fils. C'est bien en vérité le sage de cette forêt où n'en chemine nul autre.

Ikoué plaçait facilement son père Atik à mi-chemin vers les Terres Éternelles de Kije-Manito, et bien près de Kije lui-même, dont on sait que nulle grandeur ne le doit dépasser.

« Si je savais », se dit Ikoué le jour de la découverte du ru, « si je savais, comme mon père, inscrire en mémoire cette eau, la retrouver sans chercher presque, fût-ce dans cent ans... ? »

Mais il ne le savait pas. Alors, comme l'aurait fait un Indien des réserves, un demi-traître, Ikoué dut se résigner à marquer les arbres derrière lui, laissant un chemin tracé qui le ramènerait, un jour prochain, vers cette eau qu'il avait découverte et faite sienne sans tarder, et sur laquelle il possédait désormais les droits du seigneur, d'en faire ce que bon lui plaise, jusqu'à la fin de ses temps à lui.

Puisque nul des dix frères, ses sœurs encore moins et même son père Atik n'avaient parlé de cette eau, c'est qu'ils en ignoraient l'existence. Car au *mikiouam* toute eau neuve était désignée, que chacun y sache puiser le cas échéant. Or, personne n'avait mentionné ce ru...

Un moment, Ikoué débattit en lui-même s'il devait révéler l'eau aux siens. Mais ne serait-ce trahir une sorte de pacte qu'il venait d'accepter que cette eau soit sienne et qu'il soit à cette eau ?

« Ainsi donc », songeait-il, « j'ai ce bien acquis, une eau vive à moi, qui me reste et dont personne ne pourra jamais me détacher. »

La résolution était prise. Il garderait pour lui le secret, si lourd soit-il.

Son pas abattit allégrement la distance. Il chemina en murmurant un chant de joie dans toutes les *trails.* N'avait-il pas son eau ? Une richesse neuve, imprévue, qui s'ajoutait à l'autre : le produit de la chasse qu'il venait d'accomplir dans les hauts du pays ?

Dans le *gackibitagan* pendu à sa ceinture se trouvaient cinq truffes de loup. Comme les garçons et même le père s'en étaient allés de l'ouest à l'est et du nord au sud, en quête de loups à tuer pour percevoir la prime du gouvernement, Ikoué se sentait l'âme gaie. Que les dix autres, que le père aussi, rapportent autant de truffes et l'attente se ferait sans privations, du temps de piégeage proche jusqu'aux trocs du printemps.

Le temps pressait donc Ikoué de se trouver parmi les siens et de les rassurer sur sa part de l'entreprise.

Il restait une longue vallée à traverser, entre de hautes collines, dans un taillis touffu. Au bout de la vallée, Ikoué retrouverait la cache où il avait glissé son canot. Il traverserait le lac en longueur et gagnerait l'ensablure à l'autre bout, le *mikiouam* familial, les feux du soir.

Les pensées triomphales s'entrechoquaient dans sa tête. Jamais il n'avait ressenti une telle exaltation. À seize ans, moitié d'homme, mais avec des agissements d'homme et maintenant, un secret d'homme : un ru cheminant quelque part là-bas, dans l'endroit caché.

Et dans le sac de daim, les cinq truffes de loup.

Cinq truffes qui n'avaient pas été acquises sans peine.

Une chasse risquée, une tuerie nocturne suivant un traquage patient effectué six jours durant d'une meute nombreuse chassant en direction du nord.

Il avait fallu une nuit d'affût, le temps de l'homme et des bêtes, mais auparavant, que d'astuce employée à découvrir la présence de la meute, la dépister ensuite, reconnaître ses habitudes, ses méthodes de chasse. (Occupant des faîtes en cercle, elle observait, puis suivait la proie. D'une seule jetée convergente, elle l'acculait ensuite, pour la tuerie. C'était habituellement un orignal ou un grand caribou monté de l'Ungava, qu'elle dévorait ainsi.)

Cela Ikoué l'avait lu dans une observation minutieuse des pistes, des touffes de poil accrochées aux branches des buissons épineux, de la course de la meute trahie par ses foulées, des endroits où, accouru à la joie totale, le *pack* entier se ruait sur la haute bête. Puis, la curée qui imprégnait le sol de sang riche.

Ikoué dénombra la meute par ses pistes. Elle comptait huit louves et six loups, plus cinq louveteaux d'âge divers.

Il tendit des collets ce jour-là, les disposant au meilleur de sa science, partout où il releva le passage habituel des lièvres se rendant à une crique pour y boire. Ces bêtes innocentes serviraient d'appât.

Kije, Kije-Manito, qu'ils soient gras les lièvres et que leur sang fleure à une heure d'ici sur le vent, que les loups vivement le perçoivent !

Deux lièvres hanchus s'étaient pris et Ikoué les avait égorgés puis pendus à de basses branches. Perché dans un tremble proche, précairement installé sur une fourche, il avait patiemment attendu.

Au crépuscule, alors que les faîtes sont lumineux et les vallées déjà noires, une voix d'est appela une voix du nord et de l'ouest vint un bref salut. À la deuxième étoile, six loups causaient. À la lune montante, la meute entière dialoguait, puis quand la lueur froide bleuit les frondaisons sombres, le silence se fit brusquement.

La meute était en chasse.

Une fois, Ikoué comprit un jappement hargneux non loin. Une autre fois, une louve donna de la dent à une comparse ; la meute n'était plus qu'à cent pas.

Puis elle apparut, silencieuse, feutrée, fantomatique, peuplant la clairière d'ombres ondulantes, mouvantes, aux yeux de braise ; une respiration haletante et continuelle monta : les loups étaient au sang.

Trompés par l'odeur de viande fraîche, attirés à l'écart de la chasse vivante, ils avaient abandonné un caribou pour venir tout droit sur les lièvres égorgés. Mais c'était maigre pitance, Ikoué le savait bien. La meute dévorerait les carcasses en quelques secondes.

Un jeune mâle chercheur flaira la branche, décela les lièvres, puis il sauta, manqua, sauta de nouveau, un autre se joignit à lui ; la meute se regroupa, forma bloc, bondit, un corps s'étayant en quelque sorte sur l'autre, assurant au sommet une pause permettant la mordée.

Un grondement soudain jaillit de toutes les gueules, la masse noire sembla se fondre, se tasser, s'unir : les lièvres étaient par terre.

Il fallait faire vite, bien sûr, en trois gueulées il ne resterait plus rien. Toutefois, très posément, les nerfs soudain détendus, Ikoué pressa six fois la gachette de sa carabine et vida le magasin dans la meute.

Quand les loups déguerpirent en hurlant d'épouvante et de dépit, il en restait cinq par terre, dont deux qui mirent une heure à mourir.

À l'aube, Ikoué descendit de l'arbre, trancha les cinq truffes encore tièdes, la preuve tangible que cinq loups fussent morts. Ayant satisfait à l'exigence des lois, il reprit ses chemins.

Ce fut le lendemain qu'il trouva l'eau neuve.

Et ce ne fut que dix jours plus tard qu'il put revenir le long du chemin marqué, retrouver le ru caché dans lequel, cette fois, il plongea nu. Il y resta deux heures.

Lorsqu'il repartit cette deuxième fois vers le *mikiouam* de son père et avant que de quitter le ruisseau, Ikoué s'étendit un dernier moment à plat ventre sur la berge. En geste de boire cette eau, il la toucha de sa bouche, comme s'il voulait poser sur l'onde mouvante un tendre baiser.

C'en était fait, l'eau et lui s'appartenaient maintenant l'un l'autre.

Désormais, en invoquant le Kije-Manito, il saurait prononcer des mots d'homme et ce serait à un homme que le Kije de force et de puissance accorderait ses faveurs.

Les mots d'homme, qu'on le sache en tous méridiens, ne s'apprennent point, mais viennent à ceux qui ont perçu la voix des plantes et des bêtes, du sol et de ses eaux, du ciel et de ses vents.

Et ce serait dans le lit de ce ruisseau, son cours d'eau à lui et connu au détour d'aucun sentier algonquin, que l'homme Ikoué étudierait la science-mère de tous les savoirs de la forêt.

Merci, Kije.

Kije-Manito, grand merci.

L'homme qui entra dans le *mikiouam* ce soir-là se nommait Ikoué mais qui l'eût reconnu ?

2

La science d'eau est faite de limpidité, de courants invisibles et de clapotis sur les berges. Tout cela, un son, un idiome à saisir, un code secret que révèle l'eau possédée à son possesseur selon la nature.

Qu'en savoir à moins que de lui donner une amitié et exiger la sienne en retour ? Cette amitié de pleine vigueur, de plein don, assimilable à une union de deux êtres semblables, c'était la clé du secret. C'était l'offre que faisait Ikoué à son ru, son hommage.

Il est à l'eau des forces vives, des intentions aussi, des devoirs ; elle n'est qu'à elle-même, pleinement libre, là où dans quelque petite anse béate rien ne la vient troubler, fut-ce le museau des courtes bêtes s'y venant désaltérer.

Lorsqu'elle bondit d'une pierre à l'autre, qu'elle s'exclame joyeusement, blanche et verte, on la sait en chemin vers ses tâches. Elle n'en est alors qu'à l'érosion des berges friables où se creuser un lit plus douillet, à l'arrachement des fonds où se ménager un cours plus ample, plus vaste, plus puissant. Mais plus bas, au loin, que sera-t-elle ?

Interrogation de l'homme qui contemple l'eau blanche : où va-t-elle et quel immense labeur devra-t-elle accomplir ? Tributaire parfois, ou parfois aussi drainant des chaînes entières de lacs calmes et quiets, n'est-elle pas la source des autres lacs plus bas ?

Ou se va-t-elle jeter en pleine mer pour y saler ses eaux douces, entreprendre des périples lointains afin de connaître des rives étrangères, des poissons bizarres et des coquillages aux mille formes ?

Qu'est-ce que l'eau ? Qui est l'eau, créature mouvante, et quelle est sa pensée ? Force presque vivante, de quel destin fut-elle chargée là-haut dans les nuages, avant que d'être rendue par Kije le Généreux à toutes les contrées qui la réclament ?

Et que sera-t-elle vraiment ?

Le comprendre pleinement est déjà la connaissance d'un mystère : Ikoué y mit longtemps de sa volonté et de son entendement. Des jours entiers, des semaines même.

Prétextant la chasse, il partait...

(« J'ai vu des pistes de lynx près du haut-lac. J'y vais pour quatre jours et je rapporterai la pelleterie... » Mais des quatre jours annoncés il passait avec son eau une journée entière puis la nuit ensuite, temps de soleil, temps d'étoiles. Il s'étendait sur le ventre au bord du ru, pour en scruter les fonds, pour en humer les odeurs, pour entendre et réentendre, hypnotisé par la complexité fascinante du son, le langage de l'eau qui court, de l'eau qui chuchote, de l'eau qui appelle et renvoie, nargue et triomphe tout à la fois.)

Prétextant la chasse, oui, tout cet automne-là Ikoué acquit la science de l'eau. Son eau à lui, seul bien qu'il eût en tout le pays, seul bien permis à un Algonquin par les Blancs qui décrètent le long et le large de la propriété des Indiens et ne leur laissent vraiment que la douteuse jouissance de marcher dans des bois où rien ne leur appartient plus, — sauf les bêtes agiles —, dont ils peuvent décider de l'usage ou du destin, dont ils peuvent évaluer l'intérêt ou exploiter le rendement.

Posséder l'eau, soit, mais ne la point avoir.

C'est un mécanisme d'ancienne et perpétuelle misère. Mais de s'y être fait, Ikoué n'en avait peut-être cure. Il avait seize ans, c'est l'âge d'or. Il n'avait pas atteint le temps dans la vie d'homme où, pour un Indien, il est humiliant de se découvrir pupille des Blancs, sans voix à faire entendre, sans décision à rendre, sans bien-fonds à posséder.

Estimer serein que d'exister tout simplement, d'avoir aise de respirer sans contrainte, et seulement cela, sans entrevoir d'autres bonheurs, sans les espérer. Il fallait être Ikoué et n'avoir que seize ans, en somme, pour jouir d'un ruisseau qui ne pouvait jamais lui appartenir en propre, des siècles s'écoulant, des millénaires se déroulant.

Qu'aurait-il revendiqué, à bien y songer, dont il ne savait ni le besoin, ni la nécessité ?

N'avait-il pas, selon lui, possession et usufruit d'une eau, d'un ru caché, turbulent et limpide ? Ikoué ne demandait plus maintenant que de comprendre l'eau, pour que le dict de son père en soit réalisé. Posséder si bien — hors de toute propriété humaine, de surcroît — et l'essence et la nature, et la pensée de l'eau et son langage, qu'il pourrait bientôt cheminer parmi les bêtes non plus en étranger impubère, mais en homme fait qui accomplit parmi les créatures de la forêt le partage des gestes, des intentions et des connaissances.

Reconnaître du même coup ce qui vit et fait vivre ; honorer ce qui vit, tirer parti de ce qui fait vivre. Obéir à la loi la plus ancienne et la plus originelle, de dépendre volontairement et en toute joie de la créature issue du sol et nourrie du sol, et peut-être plus encore, du sol lui-même pour survivre d'heure en heure et de jour en jour.

Prétextant la chasse...

C'était une excuse facile, une excuse logique. Elle se disait en des mots que tous pouvaient comprendre. Mais combien de temps l'astuce d'un Ikoué déjouerait-elle l'entendement d'un aîné tel qu'Atik ? (Atik le bien-nommé, son nom signifie caribou en Algonquin. De toutes les bêtes douces et tendres, n'est-elle pas la plus rusée comme la plus agile ?)

— L'an dernier, à pareil mois, dit Atik un jour, tu chassais moins longtemps.

Point n'était besoin qu'il tende le doigt vers la cache aux viandes fumées, plus vide que jamais.

— Et tu rapportais plus de prises.

Restait l'excuse encore, puisque Ikoué n'avait pas révélé son secret.

— Le gibier est plus rare, dit-il.

C'est une réponse-formule. Elle servait à tout. On en faisait un pour ou un contre, c'était à choisir. Que les autres membres de la famille trouvent en des vallées lointaines, derrière d'autres montagnes, tout le gibier voulu, qu'importe, s'il ne reste dans ce pays où chasse Ikoué, aucune bête à prendre. Et qui blâmer ?

Kije fait bien les choses. *Le gibier est plus rare.*

Excuse trop facile, mais fin de toute palabre possible entre le père et le fils.

Il en resta ainsi.

La mère comprit peut-être plus : ses yeux observaient Ikoué sans cligner et le jeune homme y lut une douce ironie.

Ainsi cheminent les jeunes dans des sentiers, qui rencontrent sait-on qui, sait-on quoi, sait-on quand, et qui s'inventent leur monde secret et plaisant, à leur seul usage. N'avait-elle pas vu croître chacun de ses enfants ? Ne les avait-elle pas vu conquérir l'un après l'autre justement cette outre-frontière que seuls ils étaient admis à franchir ?

Il en pouvait être tout de même pour Ikoué, il en était certes tel qu'elle le devinait. Mais pourquoi celer cette découverte ? Ikoué comme les autres apprendrait bien assez vite le sort réel dévolu à chaque homme et à chaque Indien en particulier.

— Il faudra cette année, avait continué le père ce jour-là, plus de pelleteries. Nous manquons de tout.

C'était cyclique.

On pouvait y faire pendant quatre ou cinq ans. C'est le temps que mettent les choses à s'user, les ustensiles à se détériorer et les plus jeunes des enfants à croître hors de leurs nippes. Vient le moment où tout s'effrite, où tout manque à la fois et cette année-là, par la grâce de Kije et la bonne fortune de la forêt, le ballot de peau doit doubler si l'on veut remplacer les hardes, acquérir des objets, prévoir l'avenir prochain.

Mais aussi, la phrase du père touchait plus creux encore en Ikoué. C'était l'avertissement, presque la menace, d'avoir à s'appliquer plus et mieux, à courir aux provisions, à la fourrure.

L'été, temps libre pour les visons et les martres, pour les castors et les pécans, n'est que trève pourtant dont les bêtes ignorent l'importance pour Ikoué et ses pareils. Car c'est alors, avant que ne revienne le gel, que ne tombe de nouveau la neige dans les sous-bois, que se prend le compte de la forêt. Ikoué, et les autres comme lui, ont une tâche bien tracée, un labeur de patience et de silence. Comment tout savoir du gibier d'hiver si l'on ne sait rien du gibier d'été ? Il est possible de placer habilement les pièges sur des sols encore non visités. Mais il est de meilleure astuce de placer ces engins de mort là même où, durant l'été, furent relevées les pistes d'habitude des bêtes : chemins tracés vers l'eau, entrées de terriers, trous d'aération, sites de carnage, floraisons nourricières, cachettes naturelles. Tout ce qui prouve hors de doute la présence et la fréquentation des courtes bêtes.

Voilà le reproche sous-entendu qu'adressait Atik à son fils Ikoué, de ne pas consacrer le meilleur de son temps, comme le faisait le reste de la famille, à cet inventaire annuel, rendu cette année-là infiniment plus pressant par la pénurie qui se dessinait dans le *mikiouam*.

— Je partirai demain, dit Ikoué. Avant le soleil je monterai vers mon lac et ma vallée.

Car chacun avait ainsi un pays de chasse. À Ikoué était dévolu un très long lac, parsemé d'îles, gisant au fond d'une vallée plus longue encore, bien enserrée de hauts faîtes, protégée des grands vents, des froids trop vifs. Ici vivaient les colonies de rats musqués, des familles de castors. Sur l'une des îles, assez grande pour s'y perdre, habitaient des centaines de visons foncés. Le long de la rive nord du lac, d'autres visons venaient boire. Il y avait de la martre et du pécan, et dans le lac, autour des petites îles et des îlots, des bandes de loutres.

C'était un bon pays de fourrure et Ikoué chaque année y accomplissait de riches chasses. Encore fallait-il que chaque année on tienne compte des migrations, des carnages causés par les bêtes prédatrices. C'était une sorte de recensement qu'il fallait accomplir, sans doute, et c'était aussi le relevé des chemins d'eau et des terriers, car nulle bête ne suit une année après l'autre ses mêmes voies. À chaque printemps, lorsque le sol réapparaît, les bêtes doivent improviser de nouvelles ruses, inventer de nouvelles habitudes.

C'était le labeur dévolu à Ikoué, d'aller sur place effectuer son observation patiente, de marquer les endroits de passage, d'apprendre par cœur cette géographie neuve.

Et s'il le fallait, de négliger son ru. Mais il ne s'y résignait pas. C'est donc par le chemin de l'eau secrète qu'il prit le lendemain matin, afin de passer auprès du cours d'eau d'autres heures intimes, son besoin, son rite nécessaire.

Mais quand il rampa sous les buissons, qu'il atteignit l'endroit du ru, une exclamation d'horreur lui échappa : le lit du ruisseau était à sec. Il trouvait un fond sablonneux, des pierres déjà pâlies par le soleil. Plus de chuchotement, plus d'eau calme, et encore moins d'eau vive.

Alors un grand cri d'angoisse monta de la gorge du jeune Algonquin.

— Kije ! Kije-Manito, mon protecteur, où est mon eau ?

3

Une heure durant, Ikoué resta accroupi près de ce qui avait été son eau à lui, son bien le plus précieux. Il était anéanti, plus rien ne lui semblait logique sur cette terre. Quel mauvais esprit hantait donc cette forêt, tarissant les eaux secrètes ?

Pourtant cette eau était agile, elle courait avec force, on la sentait de source riche. Là où elle bondissait sur les pierres, nulle hésitation, nulle mollesse. Qu'était-il arrivé qu'elle disparaisse soudain ?

Surtout, Ikoué se sentait désemparé. Quand il regagna le sentier finalement, il revint vers le *mikiouam* de son père, plutôt que de continuer vers la tâche qui l'attendait là-bas, auprès des bêtes à pelleterie.

Et c'est la mort dans l'âme que le même soir, assis avec ses parents, ses frères et ses sœurs autour du feu, Ikoué fit face aux siens.

— Tu étais parti vers ton pays de chasse, dit Atik.

Tous les visages étaient tournés vers lui. Ikoué, seul parmi eux tous, devait voyager loin pour accomplir son travail. C'était la rançon d'âge, cela constituait son initiation à la vie adulte. Le territoire où il chassait, tous ses frères l'avaient piégé auparavant. Mais à mesure qu'ils augmentaient leur savoir, Atik les ramenait aux lacs plus proches, récompensant l'effort de cette manière et aussi, reconnaissant leur état d'homme, à qui il devenait permis de chasser aux côtés du père.

— C'était ma destination, admit Ikoué.

— Pourquoi es-tu revenu ?

En chemin de retour, longtemps le jeune Algonquin avait débattu en lui-même ce qu'il dirait à son père. Il se préoccupait moins de ses frères. Ceux-là participeraient à la palabre si elle s'en tenait à des généralités. Mais s'il s'agissait de conflits intimes entre le père et le dernier des fils — Ikoué ne voulait-il pas dire « dernier de tous » ? — nul n'interromprait le dialogue.

Quelle serait donc cette palabre ? Quel en serait le mode ? Brusquement, Ikoué s'en remit à son père Atik. Ses questions suffiraient. Il saurait comment orienter l'entretien. Il saurait aussi s'il devait rester là, acceptant l'intervention de tous, ou emmener son fils hors de portée, pour discuter loin des oreilles indiscrètes. Le protocole était l'affaire d'Atik, tout comme la faute commise ne pouvait retomber que sur le jeune Ikoué. L'homme avait le devoir d'assurer sa vie et celle de sa famille. Il ne pouvait montrer la moindre indulgence envers les manquements. Or, la saison avançait, et Ikoué n'était toujours pas rendu à son lac. Voilà ce qui comptait.

— Pourquoi es-tu revenu ? répéta le père.

Calmement, posément, Ikoué formula la réponse qui venait de surgir en lui.

— Ce que je dirais serait un mensonge. La vérité, je ne peux vous la révéler. Quel choix faites-vous, mon père ? Que je mente, ou que je me taise ?

Ce fut au tour d'Atik de réfléchir. Il avait enseigné à ses fils la droiture et la franchise. Exigerait-il d'Ikoué qu'il transgresse la règle ?

— Quand repartiras-tu ? choisit-il de répondre après un temps.

— Demain, peut-être.

Il se fit un silence. L'une des filles se leva, alla remplir un broc d'eau et vint arroser la viande qui grésillait doucement au-dessus de la flamme.

Le visage impassible, Ikoué la suivit du regard. Quand elle eut repris sa place, il se tourna vers ses frères. (Étaient-ils tous là ? Autant *Kitatakon* — le Chevreuil, que *Ouikas*, le Grand Bouleau ? Sa sœur *Ouaouatesi* — la Luciole — ne manquait-elle pas ? Ils étaient tant de la famille qu'Ikoué les dénombrait rarement. Qu'importait, d'ailleurs ? Leur vie était dure, et dépourvue de trop de tendresse. Il avait tant d'autres problèmes en tête. Celui de ce ruisseau...)

— Quand un ruisseau tarit subitement, dit-il au bout d'un long silence que ponctuaient là-bas les hululements sourds d'un hibou blanc, quand soudain il n'y a plus d'eau là où il y en avait hier, qu'est-il arrivé ?

Atik l'avait brusquement regardé. Dans la lueur dansante du feu, le regard de l'homme brilla étrangement. Devinait-il que son fils avait acquis une eau en tout bien, dont maintenant il s'inquiétait ? C'était à supposer. Dix fils à qui il avait enseigné le bienfait des eaux vives, dix fils qui avaient appris de ces eaux tant de leur savoir. Pourquoi le onzième serait-il autrement des autres ?

Ce fut Mikinac, — la Tortue — le fils âgé de vingt ans, qui répondit d'abord à Ikoué.

— L'eau parfois tarit dans les sources. S'il y a deux ruisseaux, dont l'un est à lit profond et l'autre à lit de surface, ce sera vers le grand ruisseau que les restes d'eau couleront, tandis que le petit s'asséchera. C'est une raison.

— *Ayé*, dit Ouaonesi le fils aîné, c'est bien écrit.

— Mais pourquoi la source tarit-elle ? demanda Ikoué.

— Il est encore bien des choses que tu ne sais pas, fit Atik. Ton chemin d'homme n'est pas encore tracé...

Il ne raillait pas. Plutôt il constatait.

— Je sais, dit Ikoué. Mais quand je connaîtrai le secret de l'eau, je serai savant. C'est vous qui l'avez dit.

— Quand une eau que je connais, se tarit, dit sentencieusement Ouaonesi, je remonte le lit et je retrouve la source. Il y a tant de choses qui interrompent le flot. Un éboulis détourne un courant, qui prendra peut-être par une autre faille et disparaîtra à jamais. Le soleil est peut-être trop fort dans les pays du haut d'où vient l'eau. Qui peut savoir ?

— Il faut remonter le lit, dit Ikoué. J'aurais dû le faire.

Ils approuvèrent tous du chef.

Le jeune Algonquin s'en voulut de ne pas y avoir songé de lui-même. Il se consola vite en se souvenant qu'à la vue du lit desséché il avait ressenti un tel émoi que nulle pensée ne lui venait plus, autre que de trouver avis et conseil chez les siens. Et c'était ce qui lui avait été prodigué.

Le lendemain matin, à l'aube, quand il se remit le ballot au dos et qu'il partit vers le sentier proche, il trouva Atik son père qui lui barrait le chemin.

L'homme étendit la main, paume ouverte, comme s'il saluait son fils.

— Entends bien, dit-il. L'eau est précieuse pour tous. Pour toi elle l'est doublement. Préserve-la de toute atteinte. Et va en paix.

C'était plus d'émotion que n'en avait jamais montré Atik. Parlant à Ikoué, sa voix était vibrante, et son regard s'était fait d'une infinie tendresse tout à coup.

— Va en paix, Ikoué. Kije-Manito est bon pour toi.

— Je vais en paix, dit Ikoué, car vous me l'avez souhaité.

Il remonta les collines, s'orienta vers le ru, retrouva les taillis au bout de trois heures de marche, rampa jusqu'au lit aride, puis il entreprit de le remonter vers la source.

Ce fut le soir, au couchant, qu'il découvrit le barrage qu'une famille de castor avait érigé et qui refoulait l'eau du ru en un large et limpide bassin.

“Tu m’appelles l’homme?”

4

Perplexe, Ikoué contempla l'ouvrage.

Qu'un ru tarisse par manque d'eau à ses sources, le problème est grand et nul homme n'en saurait changer la donnée.

Qu'un ru tarisse de s'être trouvé un autre lit plus plaisant, qu'y faire ?

Dans les deux cas, ni Ikoué, fut-il le plus savant des Algonquins, ni le plus habile des Blancs, ne saurait altérer le dessein du *Manito* ordonnateur des eaux et de leur cours.

Mais ce n'était pas un dessein divin que découvrait Ikoué. C'était un ouvrage de bête, le barrage que doivent ériger les castors pour abriter la colonie, pour survivre. C'était donc, aux yeux du jeune Algonquin, un obstacle simple, qui devait disparaître et qui disparaîtrait.

Il suffisait de trancher à la hache deux longueurs flexibles de tremble qui crochetaient le rondin-maître du barrage aux solidités de la rive. Ceci fait, l'abattage de la digue serait vite accompli. Ensuite reviendrait l'eau du ru dans son lit premier et plus bas, à l'endroit secret, Ikoué pourrait de nouveau jouir en maître de l'onde reparue.

C'était simple. C'était trop simple. Ikoué raisonnait en homme blanc ; il raisonnait en enfant Algonquin, c'est tout comme. Par déduction simpliste, si claire en son cerveau qu'il ne s'interrogeait pas autrement, la destruction de la digue serait l'affaire d'une heure, le retour de l'eau n'exigeait que ce labeur facile.

La joie au cœur de n'avoir pas plus d'obstacles à combattre, il tira de sa gaine la mince hachette d'acier qui lui pendait le long de la cuisse et se mit à la tâche de démolir l'œuvre vive des castors.

Le bassin fut bientôt animé par les bêtes nageant désespérément, raccrochant les branches flottantes, retenant ici ou là des billots libérés par Ikoué. La panique était dans la colonie des rongeurs, mais c'était une panique vite ordonnée, vite salvatrice. Chacun, l'effroi et la consternation première passés, s'ingéniait à sauver la digue, à refaire ce que la cruauté de l'adolescent détruisait à mesure.

Sur la rive, un vieux castor, l'œil impassible, assis sur son arrière-train et les pattes d'avant bien croisées sur son jabot, observait Ikoué.

Le jeune Algonquin mit deux heures à libérer l'eau. Quand il eut terminé, le barrage était inutilisable, le flot de l'onde était rendu à son lit et Ikoué pouvait maintenant retourner en aval du ru, retrouver l'endroit secret où entreprendre le dialogue avec son eau.

Même, il dormit sur la berge, là où l'eau était calme, cet endroit premier de la découverte. Il y dormit sans rêves, l'âme sereine d'avoir recouvré son bien si facilement.

« J'étais fou de m'inquiéter », se dit-il avant de s'endormir. « C'est mon eau, pourquoi me serait-elle enlevée ? Demain, je me mettrai à apprendre le langage de l'eau, le temps presse. »

Mais le lendemain, lorsqu'il s'éveilla, le lit était de nouveau aride, le flot était de nouveau tari et Ikoué comprit qu'il avait entrepris une dure guerre.

Il avait entendu des récits. Des Blancs surtout racontaient l'obstination des castors à reconstruire un barrage sitôt qu'il était démoli. En l'abattant la veille, Ikoué s'était vaguement souvenu de ces histoires, mais il ne lui semblait pas possible que des bêtes fissent preuve d'autant d'acharnement. Il n'avait laissé nul pieu, nul rondin, aucune traverse en place. Son labeur terminé, il aurait juré que jamais les castors n'auraient le courage de reconstruire l'ouvrage.

Et pourtant, ils n'y avaient mis qu'une nuit.

(N'était-ce pas l'année précédente qu'Atik, un soir, s'était mis à parler des castors, en avait décrit les mœurs et les caprices des heures durant ? Et qu'avait fait Ikoué, plutôt que d'écouter attentivement son père ? N'avait-il pas laissé son esprit s'évader, voyager plaisamment dans un demi-rêve de chasse et de trajets où la voix de son père ne lui parvenait que distante et assourdie ? Il eût mieux fait d'écouter, d'absorber le savoir. Peut-être saurait-il mieux faire face aujourd'hui aux castors.)

« Je suis un mauvais Algonquin », songea-t-il avec amertume. « Ce que je devrais savoir, je l'ignore par ma faute. Et combien sais-je qui est frivole, inutile, un fardeau en plus que je n'utiliserai jamais ? »

Restait l'eau.

L'eau dispensatrice de toutes sciences.

Atik le disait, qui possédait la grande sagesse. L'eau, si on sait l'entendre, si on en apprend la langue, ouvrira toute la connaissance des êtres et des choses.

Mais l'eau n'était plus là...

Comment donc apprendre le secret des castors ? Comment prévoir leurs actes, comprendre leur langage, contrecarrer leur malfaisance ? Puisque l'eau n'était plus là...

Brusquement, Ikoué se redressa. Une pensée lui était venue. Bien sûr, l'eau du ru, telle qu'enserrée dans ses rives coulait vers le sud, bien sûr que cette eau n'était pas là, devant lui. Mais il savait où la retrouver. C'était la même eau qui sommeillait dans le bassin là-haut. Qu'elle soit calme ou qu'elle se hâte sur les pierres, qu'elle tiédisse au soleil ou devienne glacée à tant bondir, c'était la même eau.

Ikoué pourrait apprendre d'elle, puisqu'il restait certes son maître, toute la science qui lui était destinée.

Derechef il entreprit donc le voyage d'amont, cheminant dans le lit déjà sec, et il atteignit cinq heures plus tard le barrage reconstruit.

Cette fois, Ikoué contourna l'installation sans y porter attention. Escaladant la rive, il se retrouva au bord même de l'étang. Là-bas, au franc nord, il aperçut le ru premier, celui qui venait des sources, celui qui alimentait la pièce d'eau inventée par les castors.

Ce fut là que se dirigea Ikoué. À l'estuaire miniature de ce fleuve-nain et du bassin des castors, le jeune Algonquin érigea vitement un abri de sapinage, piétina une surface où charpenter un feu et déballa ses provisions et ses ustensiles. Le campement mis en place et ordonné, il alla s'étendre à plat ventre comme il l'avait souvent fait maintenant, plaça sa bouche tout près du courant et murmura :

— Enseigne-moi ton langage, veux-tu ?

Tout oreilles, il s'appliqua durant des heures à saisir chaque clapotis, chaque gazouillis, le froissement du flot contre les berges, son gargouillement quand elle rencontrait l'eau de l'étang et s'y mêlait.

Oubliée la tâche à accomplir plus haut dans les chaînes de lacs ; oubliée l'admonestation d'Atik. Se souvenait-il seulement, attentif aux révélations de l'eau, qu'un dur hiver se préparait au *mikiouam* de sa famille ?

— Je t'écoute, l'eau.

Et plus tard, au deuxième jour :

— Je t'entends, l'eau.

Car dans le son flou, liquide, mouvant, Ikoué avait cru percevoir deux mots : *« Aouenen kin ? »*

— Qui es-tu ? demandait le ruisseau.

Bien sûr, un Algonquin, l'eau ne l'ignorait pas, et que pouvait importer le nom ? Mais Ikoué comprit fort bien que l'eau cherchait l'autre réponse.

— *Aouenen kin ?*

— Je suis ton ami, ton maître.

Il s'était redressé pour le dire, debout au-dessus de l'onde, et il lui sembla voir frémir la surface unie, se tordre un courant au fond, qui ourla une pierre.

— Je suis Ikoué, fils d'Atik. Je veux comprendre ton secret.

(Posséder déjà l'entendement, savoir déjà reconnaître le langage, entendre et comprendre presque, mais ce n'était que bien peu de la grande science. Il en fallait tellement plus pour ensuite aborder chaque bête et s'en faire entendre à son tour...)

— *Aya*, murmura l'eau, *aya*...

Ce qui était l'acceptation du fait.

Alors Ikoué eut l'exclamation que les siens lancent quand les oracles ont été propices, quand la joie est pleine, quand il faut exprimer la gratitude.

— *Aouenh !* s'écria-t-il, *aouenh*, mon eau mienne, *aouenh !*

Puis il se remit à plat ventre et il écouta l'enseignement de l'onde.

5

« Ce n'est pas dans la forme des mots qu'il importe de parler aux cours d'eau, dit le ruisseau, qu'il faut interpeller les bêtes, que l'on doit chercher à comprendre les plantes et les arbres, les vents et la pluie douce.

« Il est un seul secret au langage de la nature ; quand tu le sauras, tout te viendra de surcroît. Je ne puis que t'en enseigner l'essence. C'est en affrontant chacune des créatures du Manito que tu sauras ensuite parfaire ta science.

« Reste là, tout contre moi, car si je te dis dès maintenant l'essence du secret, tu ne seras pas apte à le comprendre. Tu pourrais te croire savant et partir. Ce ne sera pas ainsi. Il faut d'abord que tu laisses entrer en toi le dégoût de toutes les duplicités. Il faut que tu accordes non seulement tes muscles ou tes nerfs, ton odorat, ta vue ou ton agilité à la forêt, ta nourricière, mais aussi ton âme, ton cœur et tes émotions.

« Elle est un corps vivant, la forêt, et tu n'es en elle qu'un être menu, corps vivant toi aussi, parasite d'elle. Et c'est en parasite que tu te nourris d'elle, exigeant tout et ne donnant que bien peu en retour de ce que tu prends.

« Aime la forêt, c'est le premier commandement. Respecte la forêt, c'est le deuxième. Et le troisième est simple : demande à la forêt de t'aimer. Apprends à te pencher sur ses créatures, à dénombrer sa richesse. Protège ses créatures, respecte sa richesse. »

— Tout cela est fort simple, dit Ikoué.

— Tout cela est fort compliqué, répondit le ru.

— Il me semble que j'aime bien la forêt, que je respecte ses créatures, que je suis attentif à ses richesses.

« Mais je veux dire, continua l'eau berçante et cristalline, que ce respect et cet honneur ne doivent pas être un sentiment occasionnel chez toi. Ce doit être ta première pensée, ton souci le plus pressant et le plus important.

« Tel que je te connais depuis dix jours, tel que je te vois lorsque tu es au-dessus de moi, tel tu ne dois pas être... Tu veux apprendre le secret des langages ? Parler aux animaux ? Et que leur dire ? Est-ce par souci d'être avec eux et comme eux ? Veux-tu tout comprendre et veux-tu qu'ils t'entendent parce qu'il en doit être ainsi de tous ceux qui vivent et meurent en la forêt, que nulle barrière ne les sépare ? Ou veux-tu savoir ces choses pour ton gain, pour ton profit, pour mieux ensuite détruire à ta guise, sans discernement ?

« Sois homme dans la forêt, c'est ton devoir d'Algonquin. Mais sois aussi, sois surtout, l'animal que tu es véritablement, intègre-toi aux cycles et à la donnée de force.

« Je te dis, l'animal ne comprendra jamais de mots. Je ne t'enseignerai aucune langue formelle. Tu n'auras pas à apprendre un langage que comprendra le vison, et un autre qu'entendra le caribou. Je te dirai un seul mystère, sans te l'expliquer. Puis de toi-même tu iras ensuite t'opposer aux bêtes. Il n'est qu'une chose, rien autre ; par cette chose, tu sauras ce que dit le vent et tu pourras saluer l'alouette en envol. Ce que tu crieras de joyeux à l'écureuil, il le comprendra, et ce que la belette viendra te raconter un soir d'hiver qu'elle aura froid et faim suscitera ta pitié. »

— Sans langage ? demanda Ikoué.

— Sans langage, répondit le beau ruisseau.

— Alors, je ne comprends pas, fit l'Algonquin. Mon père Atik m'avait dit...

— Il a des mots d'homme, dit le ruisseau. Il ne sait que des mots d'homme, lorsqu'il tente de t'expliquer. Si bien qu'il t'a envoyé à moi, si bien que c'est de l'eau que tu apprendras le mystère, puisque ton père lui-même l'a appris de moi, et tous les Algonquins avant lui...

« Ce sera donc ainsi. Écoute-moi, retiens chaque mot, tente de tout comprendre. Puis va ton chemin. Le secret n'en est pas un. Le mystère est sans voiles : lorsque tu t'adresseras à la forêt, à toutes ses bêtes, aux forces de la nature ; lorsque tu seras puissant et que tu commanderas des êtres faibles, lorsque tu seras affaibli et que tu imploreras des puissances, une seule chose devra te régir, et ce sera par elle que tu seras entendu. Il faut qu'en ton cœur et qu'en ton âme, l'intention soit généreuse, l'intention soit indulgente, l'intention soit compatissante. Penche-toi sur les malheureux et plains les puissants. Désire le bien de ceux qui t'entourent et ne commande qu'avec justice. N'abats nulle bête sans que ta survie en dépende, ne place nul piège qui blesserait plutôt que capturer. Chasse sans cupidité et respecte les temps d'accouplement et les temps de mise-bas. Épargne l'animal qui te serait inutile, ne tue pas par plaisir, ne mutile aucun arbre sans nécessité, ne déplace nulle pierre, n'arrache nul buisson, ne déloge aucun oiseau sans être sûr en toi-même que tu agis selon l'ordre, selon la justice, selon l'équité.

« Fais cela, jeune Algonquin, présente-toi devant les bêtes de ce pays le cœur plein de cette grande intention de droiture et soudain tout ce qu'elles diront, tu le comprendras, et tout ce que tu voudras, elles le sauront. Voilà le secret... »

— Merci, dit Ikoué. C'est simple.

— Tant mieux que tu le dises. Nous verrons bien.

Ikoué se releva, resta un long moment debout sur la berge à regarder cette eau sage et bonne.

Puis, avant de partir, timidement il demanda au ru :

— Est-ce que tu resteras mon amie, belle eau ?

— Bien sûr, fit l'eau. Tu es même mon maître, ne l'as-tu pas dit ?

— Je le regrette, je l'ai dit sans savoir. C'était l'orgueil...

— Mais non, comprends, dit l'eau. J'accepte que tu sois mon maître. Car tu peux, si c'est écrit, me rendre à mon lit, me ramener à mon destin, celui que je possédais avant que les castors ne construisent ce barrage...

— Il faudrait donc que je détruise cette colonie de castors ?

— Crois-tu ?

Ikoué, novice encore en son nouveau mystère, chercha des pensées, des raisonnements, et des mots pour les exprimer.

— Comment cela sera-t-il ? Dis-moi, l'eau ? Si je dois être juste et compatissant, si je dois me montrer généreux, puis-je tuer les castors pour te libérer ? Ou dois-je te laisser emprisonnée en ce bassin par égard pour eux ? Quel serait ton jugement... ?

— Cherche bien, murmura l'eau. Ce sera simple, quand tu auras bien compris. Rien ne presse. Va à tes ouvrages, réfléchis. Un jour tu trouveras ce qu'il faut faire...

Puis elle se tut.

— C'est tout ? demanda Ikoué au bout d'un moment.

— Oui, c'est tout.

Plus tard, Ikoué pêcha une truite grasse qu'il rôtit sur son feu et mangea. Puis il dormit, et au matin, après un dernier bonjour à l'eau, il s'achemina vers le grand lac de son pays de chasse.

Il lui semblait être plein d'un savoir confus, trop flou pour être utile, une sorte de masse mouvante, imprécise, qui n'arrivait pas à se fixer.

Il marcha deux jours.

Une fois seulement, à la fin presque du voyage, alors qu'il touchait à la décharge du lac où il se rendait, il s'arrêta devant un écureuil qui grugeait philosophiquement une amande de noix longue.

« C'est un bel écureuil gras, » songeait Ikoué. « Je l'envie bien de vivre sans misère, comme il vit. J'aimerais tant lui parler, peut-être l'aider à trouver des noix... »

Quelle ne fut pas la surprise du jeune Algonquin d'entendre la bête lui dire, d'une toute petite voix grêle :

— J'avais caché des noix sous une pierre, mais la neige et la glace, en fondant au printemps, ont fait rouler la pierre et je ne peux plus dégager mes provisions. Toi qui es fort, la soulèverais-tu pour moi ?

Alors, Ikoué se pencha et souleva la pierre.

6

La joie dans l'âme, plus belle que toutes les autres joies, envahit Ikoué dès ce jour-là.

Brusquement, il comprit le sens du mystère. Ce qu'avait révélé l'eau, désormais il en saisissait toute la grandeur et la beauté.

C'est donc avec un regard et un cœur serein qu'il entreprit son observation des bêtes à pelleterie.

Il découvrit même, en ces jours lents et minutieux, faits d'immobilité, d'attente, de silence, que son nouveau savoir était une aide dans toutes les difficultés. Plus rien n'était semblable, aurait-il juré. Les animaux n'étaient plus des créatures fuyantes, quasi invisibles, à peine entrevues dans les fourrés. Le moindre animal aperçu, ne fût-ce qu'un seul instant, Ikoué en devinait l'angoisse ou le souci. Il se prenait à guetter avec le lièvre telle belette affamée, espérer avec lui que se libère un chemin d'eau. Il compatit à la faim de la belette et regretta qu'elle se fît déjouer plusieurs fois. Il s'intéressa aux efforts des fourmis, à la colère d'un insecte vitupérant contre un mulot brouillon qui avait bloqué l'entrée de son terrier. Du bout du doigt, il aida même l'insecte.

Il se sentait renouvelé, enrichi. Plus rien ne demeurait de son indifférence un peu cynique. Depuis le court dialogue — silencieux, il s'en rendait bien compte aujourd'hui — avec l'écureuil, la forêt entière s'était animée, revivait sous ses yeux, comme il se sentait revivre lui-même.

Dix jours de cette joie, dix pleins jours de satisfaction comblée à chaque heure. Avec quelle chouette n'engagea-t-il pas la conversation ; et que de marmottes, que de souris, que de perdrix il ne charma par son indulgence et sa tolérance.

Quand il repartit, ayant gravé en sa mémoire les moindres habitudes de chaque bête à fourrure, il n'y eut que des mots de regrets prononcés de partout dans les taillis pour le saluer.

Certes, aucune bête n'ignorait qu'il dût tuer du gibier pour se nourrir. Aucune bête n'ignorait que dès la neige tombée, il disposerait des pièges. Mais en cela différait-il des autres ennemis, avec lesquels pourtant toutes les bêtes vivaient en une certaine harmonie jusqu'à l'attaque fatale ? Un loup repu ne peut-il donc dialoguer avec une hase ?

Parce que la pose des pièges constituait pour Ikoué un acte de survie, aucune des bêtes menacées, visons ou loutres, castors ou pécans, n'en voulait à l'Algonquin. Pourvu qu'il trappât avec honnêteté et franchise, il incombait à chaque animal de ne pas se laisser prendre. Chacun pouvait donc se dire qu'il serait plus habile que l'Algonquin, plus astucieux qu'Ikoué. C'était une franche guerre, admise, acceptée.

Il quitta son lac en toute amitié avec la nature à laquelle il avait montré, ces dix jours durant, le visage d'un homme bon, dont tous les actes respectaient et protégeaient, honoraient et vénéraient.

Cette fois quand même, Ikoué en quittant le lac de la Chasse, ne s'attarda pas auprès de son eau révélatrice. Il s'en fut plutôt d'un seul portage léger vers le *mikiouam* de son père.

C'est qu'il avait à raconter son travail, faire rapport à Atik de la fourrure là-bas, de sa relative abondance, de la surpopulation de certaines colonies, toutes choses qui entraîneraient un piégeage plus efficace.

Consignées en mémoire aussi, des questions à poser ; son ignorance qu'il admettait encore de certains actes des bêtes, de certaines habitudes.

— Père, si le vison qui boit toujours à l'eau calme, là où les alevins sans méfiance jouent, va soudain vers l'eau blanche, qu'en conclure ?

— C'est qu'il y a du frai dans l'eau, que l'eau blanche amoncelle contre des effleurements de roc. Le vison en est friand, et comme c'est le temps riche de la forêt, qu'il est repu, même si le frai n'est pas la viande et le sang dont il a besoin, il s'en régale.

— Père, si la loutre qui nage tout le long du jour, émerge le soir, prend pied et va se terrer, qu'en conclure ?

— C'est que l'eau fut trop tiède ce jour-là, trop calme, et que la loutre a besoin de la fraîcheur de la nuit. Elle retrouvera l'eau quand celle-ci sera devenue plus froide, après le décroît de la lune.

— Père, si la martre cueille des baies rouges et ce jour-là ne va pas boire, qu'en conclure ?

— Qu'elle se sent mal en elle-même, qu'elle se guérit avec ces baies. Si elle boit, le mal empirera. S'est-elle glissée sous une ronce après avoir mangé les baies ?

— Oui.

— C'est au ventre qu'elle avait mal, comme tu souffrais autrefois du mal des canicules...

Il y avait tant de choses encore qu'Ikoué ne savait pas.

— Père, dites-moi...

Et alors, patiemment, assis près du feu, pendant que toute la famille écoute religieusement, dans la nuit bleutée, Atik explique et raconte. Parfois, pour décrire le comportement de la nature, il s'égare en de long récits où son enfance se mêle à la vie de la forêt...

— Vous avez connu tous ces mystères bien jeune, dit une fois Ikoué. Moi, qui ai seize ans, je n'en connais point la seule moitié...

— C'est qu'en ce temps-là, dit Atik, nous vivions plus durement. Le siècle change. Les femmes ont trop d'indulgence envers leurs petits. Et les hommes hésitent à laisser l'enfant quérir son propre besoin le jour où il apprend à marcher. Marcher, c'est le geste premier, le seul qui compte. Déjà l'enfant sait tenir, sait lancer. En sachant avancer sur ses jambes, il a conquis le monde. Il suffirait ensuite de le laisser reconnaître les baies, pour qu'il les sache cueillir. Et s'il a faim, bien sûr il saura capturer un poisson ou s'emparer d'un oiseau. Il le sait de source, il a cet instinct en lui... Mais nous avons appris trop de tendresse au mauvais instant, pas assez de sévérité et toi, par exemple, Ikoué, il t'a fallu dix ans de trop pour devenir un homme...

Personne ne demanda au jeune Algonquin ce qui en était du ruisseau. Si chacun avait deviné que l'enfant possédait l'eau, personne ne s'en enquit, personne ne souffla mot.

Le castor écoutait sans interrompre.

Seul Atik posa sa main sur l'épaule d'Ikoué lorsque deux jours après son retour du grand lac de chasse, il voulut repartir vers le même nord. Sans ajouter un mot, sans même le regarder, Atik posa sa main sur l'épaule d'Ikoué. Ce seul geste.

En était-il besoin d'un autre ?

— Je crois, dit Ikoué, que cet hiver mon ballot de peau sera le plus gros de ma vie, et le plus gros du *mikiouam*.

Atik inclina un peu la tête et resta là, immobile, le regard sans expression pendant que le garçon s'éloignait vers les taillis denses.

Dans la cabane, pourtant, l'homme sourit un peu et regarda sa femme.

— Maintenant, dit-il, Ikoué vivra plus libre.

7

Retrouvailles d'Ikoué et de l'eau.

« Bonjour l'eau, mon eau ! »

Comme un chant qui s'élance et perce l'air. Comme un rire immense et cristallin.

« Bonjour l'eau que j'aime ! »

Reprise et recommencement.

— L'eau, entends-moi !

— Je t'entends.

(Il est couché comme à l'habitude, à plat ventre, il a la bouche à fleur d'onde. Il murmure à l'oreille de l'eau, il l'enchante de son bonheur qui lui scande la voix, qui lui met du miel aux mots, de la douceur dans tous les sons.)

— L'eau, belle eau, j'ai tant de choses à te dire.

— Je suis ton eau, dit le ru. Ton eau et je t'aime bien.

— Et moi je te dois tout.

Il dégage un peu le visage, qui se reflète dans l'onde immobile tout à coup.

— Tu me vois, l'eau ? Ai-je changé ?

— Tu es libre, cela se sent.

— Oui. Je ne crains plus rien. Je ne suis plus seul. Et pourtant il me semble que je suis plus léger, que je marche sans enfoncer dans les mousses. Je puis sauter, courir, danser à ma guise. Et à toute bête inquiète je n'ai qu'à dire : « Je suis heureux... »

— Et elle comprendra, dit gravement l'eau, je sais.

— Elle comprendra, voilà toute joie, voilà précisément ce qui me manquait.

— Tu es bon, dit l'eau. Je te fais confiance.

— Merci, mon eau.

Il la toucha du bout du doigt.

— Comme tu es douce et tiède. Je voudrais t'emmener avec moi partout dans le monde, je voudrais que tu me suives. Et chaque soir, j'allumerais mon feu sur ta rive, je t'écouterais fredonner pour m'endormir, et en dormant tout près de toi, je ferais de beaux rêves.

— Mais je ne le pourrais pas, Ikoué. J'ai mes rives qui sont ma prison, qui me retiennent ici, qui me contiennent. C'est un fardeau, elles sont mes chaînes. Où qu'elles aillent, je dois aller. Parfois je les gruge un peu et à force d'ans, j'en viens à changer un peu mon parcours. Mais comment les transporter avec moi là où le cœur me dirait d'aller. Tiens, toi que j'aime, je te suivrais, mais alors qu'adviendrait-il de moi si je fuyais mes rives...

— Je sais, belle eau, et j'en pleure.

— Je serais partout, dit l'eau, et nulle part. Je serais justement l'eau qui choit dans les entrailles de la terre, qui ne peut se retenir de glisser dans chaque interstice. Et je serais condamnée à la nuit souterraine, à y vivre des siècles, jusqu'à ce que quelque puisatier me vienne délivrer...

— Ton sort est triste, dit Ikoué. Plus triste que le mien.

— Présentement, je peux voyager, d'une façon, aller visiter des lacs. J'ai du cousinage à tant d'endroits en ce pays du Québec ! Je n'en aurai jamais fini. À ma source il se dit qu'il faudrait mille ans de mon parcours pour connaître toute ma parenté. Et c'est ce qui me désespère d'être retenue en ce bassin par les castors...

— Je te libérerai, dit Ikoué. J'en fais ici le serment. Demain, je te libérerai.

— Prends garde, toutefois et réfléchis bien.

— Je te libérerai ! s'exclama Ikoué.

— Est-ce que je puis seulement être libre ? dit l'eau.

Mais Ikoué ne l'écoutait pas.

— Comment y arriver ? Si je te veux libre, quel moyen prendre ?

— Tu as compris bien des choses, répondit l'eau. Je n'avais pas le droit de trop te renseigner. Cela aussi, que je voudrais bien te dire, il m'est interdit de le faire. Tu devras donc trouver en toi-même la réponse... toutes les réponses.

— Je camperai ici le temps qu'il faudra, et bientôt, je saurai ce qu'il faut faire, dit Ikoué.

Il mit cinq jours de réflexion.

Cinq jours durant lesquels il vit, plusieurs fois le jour, le vieux castor qui grimpait sur la berge opposée de l'étang, qui se plantait là, bien solidement assis et le surveillait de loin.

Finalement, Ikoué commença de comprendre.

— Ce castor qui me regarde, dit-il à l'eau le matin du cinquième jour, est-ce le chef de cette tribu ?

— Oui.

— Pourquoi me surveille-t-il ? Parce qu'il m'a vu démolir le barrage une fois et il craint que je ne recommence ?

— Peut-être.

— Est-ce cela qui l'inquiète ?

— Pas seulement cela, mais autre chose aussi. Il sait que nous avons appris à dialoguer, toi et moi. Il attend.

— Qu'est-ce qu'il attend ?

— En tout animal, dit l'eau, il est des raisonnements qu'un homme ne saisit pas toujours. Il est possible que tu ne sois pas encore prêt à comprendre ce raisonnement. Je ne sais pas. Et je ne peux rien te dire de plus.

Ce soir-là, Ikoué dormit mal. Il fit d'étranges rêves de combats contre des bêtes gluantes, sinueuses. Il s'éveilla au fort de la lune et entendit l'eau qui murmurait. Mais elle aussi devait rêver, car son murmure était indistinct. En se relevant un peu sur le coude, Ikoué aperçut le castor qui était toujours à son même poste de guet.

— Demain, dit Ikoué, je trouverai !

À l'aube, le vieux castor n'était plus là quand Ikoué se glissa hors de son abri. Le jeune Algonquin se sentait lourd, il avait un mauvais goût dans la bouche. Il lui sembla que le soleil appa-raissant sur les faîtes des collines était plus terne qu'à l'habitude. Sa joie des autres jours était disparue.

— L'eau, dit-il, je t'en supplie, aide-moi...

Mais l'eau gémit.

— Je ne peux pas, dit-elle. Comprends que je ne peux pas. Me crois-tu donc seule en cette nature ? Tu n'as pas compris qu'il y a un Manito qui gouverne mes actes et mes intentions, tout comme ton Manito est le maître suprême ? Or, si j'ai défense de révéler avant l'heure de tels secrets, me crois-tu libre de le faire ?

Ikoué se leva d'un coup, enjamba le ru d'un grand élan et se dirigea vers le barrage des castors.

Planté sur la rive, les talons solidement ancrés, les poings sur les hanches, il appela.

— Castor ?

Rien ne vint.

Derechef et plus fort, Ikoué s'enquit.

— Castor, m'entends-tu ?

La colonie bougea, des ombres glissaient entre deux eaux, un jeune animal vint respirer, fixa Ikoué un moment puis dispa-rut. Brusquement le vieux castor apparut, le chef au poil grison-nant. Il sortit de l'eau, s'ébroua un peu, battit un coup sec de la queue sur le sol dur et s'assit, comme la veille, mais bien en face d'Ikoué, le fixant de ses yeux laqués, impassibles.

— Tu m'appelles, l'homme ?

Ikoué avait les lèvres pincées, il soufflait très fort par les narines. Il sentait une grande colère qui le secouait intérieurement.

— Je ne suis peut-être pas digne de tous les secrets, dit le jeune Algonquin, d'une voix qui contenait mal la rage. Mais tant pis. Je n'attendrai pas le bon plaisir de chacun. J'ai décidé que toi et moi nous tiendrions une palabre.

Le vieux castor se dandina sur une patte d'arrière, puis sur l'autre. Il retroussa un peu la lèvre dans ce qui semblait un sourire.

— Une palabre avec toi, dit-il, c'est perdre son temps.

— Ce n'est pas mon avis, s'exclama Ikoué. J'ai des choses graves qui méritent d'être discutées.

— Moi, dit le chef des castors, je m'objecte à discuter avec un enfant. Dans ma tribu, les jeunes de ta sorte, on leur donne la fessée.

— Jeune je suis, rétorqua Ikoué, mais j'en sais vingt fois long comme le plus ancien des castors.

— Téméraire, murmura l'animal. Insolent !

Il ne perdait ni son attitude railleuse, ni son calme. Il n'avait même pas élevé la voix. Bien installé, il narguait l'Algonquin devant lui, ce géant dont il venait d'insulter la jeunesse.

— Pour preuve, dit Ikoué qui avait réussi à se calmer un peu, je pourrais avancer mille choses. J'arrive de la forêt des hauts. Je n'y ai laissé que des amis. J'ai causé avec autant d'oiseaux qu'il en vole là-bas, j'ai discuté avec des visons tout autant qu'avec des loutres. Je me réclame même d'amitiés certaines chez certains castors !

— Quel lac ? Quelle forêt ?

— Celui où je dois chasser. Le plus grand lac où il y a huit îles et deux rochers.

— Je le reconnais, dit le castor.

— La colonie qui est à gauche du lac, vers l'ouest, c'est là que je me sais des amitiés désormais.

— Ce sont des parents éloignés, dit le vieux castor d'un ton méprisant. Nous les fréquentons très peu...

— Ce sont tout de même des castors...

— Si tu veux, mais en quoi cela change-t-il notre palabre ? Si palabre il y a...

— Tu n'as pas très bon caractère, dit Ikoué, exaspéré.

— J'ai des responsabilités, répondit le castor. J'ai une colonie de soixante-huit individus. Nous venons de nous installer ici et l'adaptation est difficile. D'autant plus que dès la première semaine, tu as démoli notre barrage... Comment voudrais-tu que je sois serein ?

— J'ai démoli le barrage parce qu'il bloquait mon ruisseau.

— C'est pourtant la fonction principale d'un barrage.

— Mais ce ruisseau était à moi. C'était mon eau...

— Ton eau ? C'est discutable, à qui est l'eau. Entre un castor et un homme, il y a de la différence...

— Bien entendu, fit Ikoué. Elle est visible à l'œil nu. Mais il y a plus : moi je suis raisonnable, toi tu ne l'es pas.

Le vieux castor ricana doucement.

— Raisonnable, toi, l'homme ? Écoute. Tu réclames ton eau. Or, tu es seul. Pour toi seul tu voudrais tout un cours d'eau. Nous sommes soixante-huit et nous ne prenons que ce bassin ici, nous ne barrons qu'un tout petit ruisseau, un ru... Je crois que nous sommes fort raisonnables...

— Mais vous barrez le ruisseau ! s'écria Ikoué. Vous accaparez l'eau. Moi, je possédais ce ru, est-ce que j'en altérais le cours ? L'eau était libre, vous l'emprisonnez...

— C'est notre façon.

— Justement. Et c'est ce que je trouve déraisonnable. Pourquoi s'emparer de l'eau, la retenir, et priver ainsi des gens qui n'auraient même pas, eux, changé le flot de ce ruisseau !

Le castor ricana.

— Tu ne changeras ni ta nature, ni la nôtre. Nous sommes ainsi, c'est de cette façon que nous avons été faits. Nos barrages sont nécessaires à notre survie.

— Je le démolirai, votre barrage ! cria Ikoué.

— Nous le reconstruirons.

— J'irai chez les Blancs, j'achèterai de la dynamite, je ferai sauter le barrage et tes castors seront tués du coup.

— Il s'en échappera toujours assez pour recommencer une colonie et reconstruire. Personne n'a jamais gagné avec nous...

Ikoué le savait bien maintenant.

Mais la rage qui le tenait était plus forte que tout raisonnement. Il en avait quasi l'écume à la bouche.

— Je dynamiterai ton barrage. Et je me tiendrai aux aguets avec mon fusil et j'abattrai toutes les bêtes rescapées. Je mettrai des jours entiers s'il le faut, mais vous mourrez tous. Je veux ravoir mon eau, je prendrai les moyens.

Sur ce, il vira les talons, s'en fut à la tête de l'étang, enjamba le ruisseau et retrouva son campement. Sa colère était si grande qu'il tremblait de tous ses membres. Assis près de la berge, il en pleurait presque, tant son dépit était grand.

Tout doucement, à mots lents et tendres, l'eau se mit à murmurer.

— Mon Ikoué... Est-ce que tu m'entends, mon Ikoué ?

— Oui, je t'entends.

— Viens plus près de moi, étends-toi à mes côtés.

— Oui, je m'étends...

Il s'allongea sur la rive, laissa tremper ses doigts dans l'eau.

— Voilà, nous sommes bien, dit l'eau, et je peux te parler.

— C'est un vieux fou, ce castor. Il est buté.

— Attends, Ikoué, ne le juge pas trop vite. Commence par te juger toi-même...

— Me juger ? Mais comment ?

— Pendant que tu y es, repasse en ta mémoire tous tes gestes, tes moindres gestes, et tes paroles à l'adresse du castor... D'abord, la toute première fois, qu'as-tu fait ?

— Quand j'ai trouvé la digue qui te bloquait ?

— Oui.

— Je l'ai démolie.

L'eau rit doucement.

— Ce n'est sûrement pas là qui peut plaire au chef de la colonie.

— Peut-être, mais il s'emparait de toi.

— Il te l'a dit, c'était par nécessité vitale...

— Bien sûr, mais il y a d'autres ruisseaux, d'autre eau...

— Qui appartient peut-être à un Iroquois, ou à un autre Algonquin, cette eau...

— Il me semble, dit Ikoué, que j'étais dans mon droit lorsque j'ai démoli ce barrage.

— Et aujourd'hui, fit l'eau, qu'as-tu fait ? Comment t'es-tu comporté ?

— J'avais des droits à revendiquer. Attendre ici que la science me vienne, je peux peut-être attendre bien longtemps.

— Tu crois ? dit l'eau d'un ton légèrement railleur. Tu le crois sincèrement, Ikoué ?

— Excuse-moi, dit le jeune Algonquin. Excuse-moi, je suis un ingrat...

Envers cette eau qui avait été pour lui la joie et le savoir, Ikoué se sentit cet instant si injuste qu'il en resta longtemps silencieux.

— Je te comprends, dit l'eau après un temps. Tu es jeune, tu es impatient. Tu voudrais que tout t'arrive du coup, ne plus jamais attendre. Tendre la main et cueillir... Et ce n'est pourtant pas toujours possible... Tiens, ta colère, par exemple...

— Je sais, dit Ikoué.

— Comment es-tu allé à ce castor dont tu avais détruit le barrage ? Es-tu allé en humble qui sollicite une faveur ? Il aurait peut-être suffi que tu lui parles en égal, mais sans acrimonie, en admettant recevoir de lui autant que tu serais disposé à donner. Mais qu'as-tu fait ?

— Je lui ai crié des injures, je lui ai parlé du haut de ma grandeur.

— Voilà.

— Et le castor n'a pas voulu m'entendre.

— Le blâmes-tu ?

— Non. Il a répondu comme je le méritais.

— Tu étais en colère quand tu es parti le trouver. Jamais l'homme ne doit céder à sa colère. Il doit d'abord retrouver son calme, parler ensuite...

— J'ai tout gâché, dit Ikoué. Maintenant, comment pourrais-je jamais te libérer ?

— Attends, dit l'eau. Sois surtout patient. Un jour, il te viendra de nouveaux mots...

— Et en attendant, où apprendre ces mots ?

— En toi-même, et aussi de toute la nature. La patience de la nature, les cycles, les longues attentes. Ainsi vit la forêt, ainsi dois-tu vivre.

— J'écouterai la forêt, dit Ikoué.

Le lendemain, il repartit vers le *mikiouam* de son père, car le vent fraîchissait à l'ouest et virait lentement au nord. Bientôt ce serait l'automne, car déjà les feuilles des arbres d'été commençaient à brunir et à jaunir et les matins étaient pleins d'une nouvelle froidure.

8

Une étrange sensation habita Ikoué, chaque pas l'éloignant un peu plus du pays du Vieux Castor et de l'eau bonne.

D'abord, ce fut un malaise. Il se souvenait des paroles du ru. Tel que l'eau en concluait, de ce dialogue avec le castor, ce n'était pas Ikoué le héros triomphant. Pourtant, c'était selon son droit d'homme qu'il s'en était allé palabrer avec le castor, selon son droit d'homme qu'il avait exigé l'équité finale.

Kije-Manito, je ne tentais pourtant que de revendiquer une juste cause !

Alors, pourquoi ce malaise en lui ? Pourquoi les reproches à peine voilés de l'eau ? Des reproches qu'il savait mériter, bien entendu. Mais ce n'était pas seulement la colère qui avait été mise en cause. Ou les mots de colère...

L'eau sous-entendait des choses qu'il n'avait devinées sur l'heure mais qu'il sentait poindre lentement ; la véritable raison de sa honte. Car maintenant, c'était la honte qu'il ressentait. Plus qu'un malaise, le sentiment humiliant qu'il avait mal agi.

Il marcha jusqu'au soleil qui s'incline et il fit alors le nécessaire pour un bivouac. Il choisit un espace nu et plat qui dominait un lac, mais qui restait à portée de l'eau. Il érigea un feu, mit cuire son souper. Quand il eut bien mangé, il resta longtemps assis, à observer la nuit qui s'étendait sur l'eau, qui assombrissait l'orée de la forêt de l'autre côté du lac.

À même ce silence de paix et de réflexion, il repassa chaque phrase échangée avec le castor.

Mais ce fut à la lune montante qu'en Ikoué parvint tout à coup la révélation. Tout ce qui était indistinct se clarifia. Il comprenait pourquoi cette honte qu'il ressentait. C'était maintenant en homme lucide qu'il voyait l'événement.

Il n'avait que peu connu de Blancs. Au hasard des rencontres, lorsque la famille allait échanger les pelleteries au printemps, et parfois aussi dans les bois, dans quelque sentier, il avait aperçu des Blancs, il avait pu causer avec eux.

Ce qu'il en savait était maigre science. Mais ce qu'il en savait, ce peu et ce rien, malgré tout il ne le pouvait oublier. C'était surtout des souvenirs du poste de traite qu'il s'inspirait. Il y avait toujours des Blancs là, qui discutaient entre eux, ou parfois avec les Algonquins ou les Têtes-de-Boules qui venaient aussi troquer les peaux. Or, n'était-ce pas, justement, ce ton et ces mots qu'ils employaient, semblables en leur hargne, en leur violence, aux mots et au ton qu'avait employés Ikoué avec le Castor ?

N'avait-il pas, lui l'Algonquin, exigé de première urgence ? Sans souci de l'aise de cette tribu ou de ses besoins ?

Tout comme le Blanc vient en forêt, tranche et coupe à sa guise, borne et retient à sa guise, s'empare et détruit à sa guise ? Quel Blanc perdrait une heure de sommeil à cause d'un Indien dépossédé ? Quel Blanc sacrifierait un vouloir qu'un Indien ne soit pas lésé ?

(Pour ériger un barrage, n'avait-on pas expatrié trois cents Indiens sans les consulter ? Le désir d'un Blanc est un ordre.)

Or donc, Ikoué, devant le Vieux Castor, quel mot avait-il employé ? Un mot de palabre, ou un mot d'ordre ? N'avait-il pas lui-même imposé son désir ? Il voulait l'eau que le barrage des castors retenait, s'était-il enquis de moyen terme ou de tangentes ? S'était-il plié un seul moment aux urgences des castors ? Le barrage répondait à une survie. La bête que pouvait comprendre Ikoué, et qui à son tour le pouvait comprendre, n'était certes pas tenue, aux termes des lois de la forêt, de s'imposer des cadastres humains.

Elle continuait son cycle, qui était celui de la nature même, l'ordonnance du destin des castors. Et le Vieux Chef, en choisissant l'endroit de la digue, n'avait étudié que les avantages et les besoins en fonction même des familles qui dépendaient directement de lui. Le versant d'eau est l'avantage du castor, mais il n'a pas à se préoccuper de tous les avals, car il n'en finirait jamais.

L'attitude d'Ikoué, en l'interpellant, n'avait nullement tenu compte de cette obligation inéluctable.

Debout devant l'animal, qu'avait fait l'homme ? Il avait ordonné. Il avait commandé. Il s'était cru loisible d'inventer pour le castor un destin à l'échelle humaine. Ce ne serait plus l'exigence animale qui dominerait, mais les caprices des humains.

Voilà ce que l'eau avait voulu dire. Dans ses reproches à Ikoué, l'onde avait parlé de patience. Surtout, elle avait sous-entendu que la patience procurerait à la fin, par vertu de longue attente, la compréhension.

Cette compréhension, elle était soudain acquise à Ikoué, après moins d'attente qu'il n'eût cru. La compréhension toute simple qu'il avait agi par devers le castor, comme les Blancs agissent par devers les Indiens.

Kije, te souvient-il de ce Blanc qui était venu chez les miens cette année passée ?

Un Blanc tel qu'ils sont tous. (Il y a des exceptions, me disent les aînés. Eux en connaissent, moi pas.)

Un avion s'était posé sur le lac, s'en était venu d'une allure assurée jusqu'à notre mikiouam. Le Blanc qui en descendit était grand et de forme puissante. Il portait des vêtements fins.

—Qui êtes-vous ? demanda-t-il à mon père sans même un mot de salutation.

—Je suis Atik, répondit mon père. Voici ma famille.

C'était tard-juin, personne n'était parti en exploration. Pour une fois, la famille entière se tenait là, tous les fils, les filles, ma mère et devant nous, comme il se doit, mon père.

—Je suis Atik.

C'était un simple mot, et pourtant combien fier.

—Qu'est-ce que vous faites ici ? demanda l'homme brutalement.

Mon père a seulement incliné un peu la tête. Souvent, il rencontre les Blancs. Il s'est résigné à leurs façons.

—J'habite ici depuis trente ans, dit-il. C'est tout ce que j'y fais.

—Vous devrez déménager, dit l'homme.

Les fils ont avancé un peu, sans se concerter, comme d'un mouvement automatique. Ils ont convergé un peu sur le Blanc qui a paru tout à coup mal à l'aise.

—Ce terrain m'a été concédé, murmura mon père. Nous l'habitons en tout droit.

— Ce n'est pas possible, trancha l'homme. C'est à moi qu'appartient ce lac, maintenant.

Que pouvions-nous dire ? La résignation aux façons des Blancs inclut aussi la résignation en leur duplicité. Une concession faite il y a trente ans à un Algonquin, est-ce que cela entre en ligne de compte à perpétuité ?

Le Blanc tirait des papiers de sa poche.

— C'est écrit en toutes lettres, dit-il. Voici l'acte de concession, à mon nom.

Mon père prit le papier. Parce qu'il a fréquenté, dans l'Ontario, une école de Blancs, il sait lire leur écriture et comprend bien leur langue, même écrite.

Tout y était, aux yeux d'Atik qui scruta le papier. Sauf le nom du lac. Il y avait un nom, le lac Gordon. Et bien sûr les Blancs nomment les lacs à leur goût, et c'est rarement le même nom que nous leur donnons.

— Le lac Gordon ? dit mon père.

— Le lac Gordon, dit le Blanc d'une voix sèche. Tel que c'est écrit.

— Ici, dit mon père, c'est le lac Ininabisi, le lac du Héron. Le lac Gordon est là-bas, vers l'ouest, vingt milles d'ici au moins.

Le Blanc se hérissa.

— Est-ce que vous croyez que je ne sais pas lire une carte ?

Il en sortit une de sa poche arrière, correctement dépliée et repliée pour montrer nos parages. Le Blanc montra du doigt, posa l'ongle sur un lac.

— C'est écrit ici, dit-il, le lac Gordon. Voyez sa forme. Et la forme du lac à l'est, celui du sud.

— Le lac Gordon est plus loin, insista mon père. Ici, c'est le lac du Héron.

Mais le Blanc ne céda pas, n'accepta rien. Il avait décidé que notre lac était celui qu'il cherchait ; ne possédait-il pas, lui, toute la science ?

Il fallut que mes frères aînés viennent lui montrer, en toute évidence, qu'il se trompait, qu'il lisait mal les signes, qu'il confondait la forme de notre lac avec celle, plus allongée, du lac Gordon.

Et quand, satisfait et prêt à accepter notre verdict, le Blanc partit, il ne put s'empêcher de lancer à mon père, avant de se diriger vers l'avion :

— J'aime autant que ce ne soit pas ici, le lac Gordon. Je ne suis pas friand du voisinage des Sauvages...

Peut-être bien que nous ne sommes pas plus friands, nous, du voisinage des Blancs...

Toi, Kije-Manito, qu'est-ce que tu en dis ?

Mais que pouvait en dire le Manito de puissance, puisque le jeune Ikoué avait de lui-même trouvé le mal ?

Cette visite d'un Blanc arrogant, combien d'Indiens en reçurent de semblables ? Et que dire, que faire ? Le Manito laisse à chacun des épreuves à connaître. C'est qu'il ne veut pas dans ses élus de gens sans mérites.

Les Blancs, même Ikoué le constatait, étaient l'épreuve imposée aux gens du Sang.

Encore ne fallait-il pas agir comme les Blancs. C'était surtout le mal. Il n'y avait probablement pas de péché plus grand, tous les *shamans* de tous les peuples premiers le proclamaient. S'il est un péché qui fait horreur aux divinités petites de la forêt et du ciel, et qui bouleverse le grand Manito, le Kije ultime, c'est bien celui-là.

Et devant le castor, se disait Ikoué, *qu'est-ce que j'étais, sinon l'image d'un Blanc, la sale imitation d'un Blanc. Je lui ai parlé avec la voix et les mots d'un Blanc. Honte sur moi ! Et ce serait bien fait si jamais je ne délivre mon eau, ni ne retrouve mon ru dans son lit d'habitude.*

Il lui tardait maintenant de regagner le campement de sa famille, d'aller puiser à la sagesse d'Atik. Il se rendait bien compte qu'il n'aurait jamais dû cacher à son père la découverte du ru. Plus encore, c'est de lui qu'auraient dû venir les avis quant aux castors et à leur digue.

Ce fut à soir tombé, le lendemain, qu'il y arriva, ayant pris par des vallées différentes. Chaque fois venu du nord, cette fois il vint d'ouest.

— Tu n'es pas dans tes sentiers, dit Atik.

— Je devais réfléchir. J'ai pris le long chemin pour dormir une nuit entière avant de vous voir.

— Bien.

Atik avait compris.

Mais comme la famille entière était là, il s'abstint d'en dire plus long. Il attendit que chacun soit dans son lit. Puis la lune s'épanouit dans le ciel et le père et le fils furent seuls.

Atik ne questionna pas. Il s'en était allé à cent pas du *mikiouam,* sous un bosquet de quatre pins courts. Assis sur les aiguilles, par terre, face au lac sur lequel montait lentement une brume de nuit, l'homme attendit que son fils Ikoué vînt se joindre à lui.

Ikoué chercha longtemps, une fois près de son père, par quels mots lui raconter son aventure. Combien, à cet instant, le jeune

Algonquin eût désiré posséder la sagesse des anciens, la pensée des aînés!

— J'ai possédé mon eau, dit-il à la fin, d'un seul élan. J'avais un ru.

Atik inclina la tête, à son habitude, tira une longue bouffée de sa pipe et attendit que son fils en révélât davantage.

— J'avais un ru que j'ai trouvé par hasard sous les taillis. Il n'était pas de grand débit, mais son eau était claire.

— D'où venait-il ?

— Peut-être de l'ouest. Un temps, il coulait du nord, mais sa source vraie, je ne la connais pas.

— Où allait-il ?

— Il venait vers le sud, mais il n'y vient plus.

De très loin derrière le lac jaillit le signal d'un loup dans la nuit. Sous le revêtement de brume tiède, l'eau clapotait doucement contre la grève, venait mourir contre l'un des canots qui lui présentait le flanc, sur le sable. Aucun oiseau du soir n'était dans les parages. Seul un insecte bruissait non loin des deux hommes, un son sans précision, à peine perceptible.

— Puisque ton ruisseau ne vient plus au sud, dit Atik, c'est qu'il est tari ?

— Oui.

— Comme tu en parlais l'autre soir. Voilà pourquoi tu questionnais ? Il s'agissait de ton eau ?

— Oui.

Un autre loup répondit au premier signal, discrètement d'abord, puis plus près, d'une voix interrogative.

Longuement, en cherchant parfois ses mots, Ikoué narra pour son père la joie de l'eau, puis l'absence, et les retrouvailles. Il décrivit comment l'eau avait celé le secret de communion avec les bêtes et la forêt. Puis, honteux, comment lui, Ikoué, n'avait pas su engager une palabre d'honneur avec le chef des castors.

Il ne cacha rien à Atik de ce qu'il avait dit, de ce qu'il avait ressenti. Ses angoisses neuves, il les révéla toutes.

— Je ne veux que mon eau, telle que je la possédais, dit-il. Pourquoi devrais-je la sacrifier à des castors, en ce pays où mille lacs et cent rivières leur sont offerts ?

Atik dodelinait de la tête. Il avait écouté son fils sans interrompre. Maintenant, il souriait.

Quand un loup répondit à l'appel du premier d'une voix brève, mais anxieuse, Atik se leva, domina l'enfant mince qui était accroupi à ses pieds.

— L'homme, dit-il, raisonne tous ses actes. Il connaît le désir et le refus. Il choisit d'aller ici ou là parce qu'il sert ses propres plaisirs, ses propres besoins. Ainsi peut-il savoir que l'eau surgit dans tous les creux de vallées. Ainsi connaît-il l'avers et le revers des choses. Le castor n'est pas un homme. Lui as-tu proposé de survivre, à ce chef parmi les siens ?

— Je lui ai redemandé mon eau.

— Qui est aussi son eau, selon le legs de la forêt qui aime mieux les bêtes que les hommes. C'est tout ce que tu offrais ?

— Oui.

— Et pourtant, tu sais de chaque lac, de chaque rivière de tous nos parages, le flot, la limpidité, la couleur, le goût. Tu sais d'où vient un ruisseau, d'où jaillit une source. Tu lis sur les cartes des noms écrits près des formes de tous nos lacs. Tu sais donc où trouver le repère. Et le castor ?

— Je veux comprendre.

— N'as-tu donc rien à lui dire, à lui qui connaît trois lacs et deux rus, un étang et la forêt dense qui les entoure ? Tu portages le temps d'une semaine, il court de-ci de-là, mais où peut le mener sa course ? Dans son pays à lui, qui est à sa mesure, il n'a trouvé qu'une eau bonne, la tienne...

— Je comprendrai.

— La palabre peut s'engager avec le castor, si tu sais lui dire justement ce qu'il veut entendre. C'est un prix à payer.

Après, Atik s'en fut dormir, mais Ikoué, lui, resta longtemps près du lac et vit même s'allumer l'aube à l'horizon. Il dormit enfin, mais sur la mousse, et s'éveilla dès que les filles du *mikiouam* vinrent puiser l'eau du matin.

Pour la seule oreille d'Atik venu goûter au temps du jour avant que d'entreprendre la tâche, il murmura :

— J'ai compris.

— Il n'est qu'une chose, toutefois, dit son père, dont tu dois te souvenir par-dessus tout. Je t'ai dit d'offrir la survie à ce castor. Mais la survie n'est pas seulement son destin à lui et à ceux de sa cabane. La survie d'une bête est souvent la survie de toutes les bêtes. Ce que tu offriras, connais-en d'abord toutes les conséquences. Toutes, tu m'entends, Ikoué ?

— Je vous entends.

9

Ce qu'en avait dit Atik correspondait bien aux angoisses d'Ikoué. Le remords qu'il avait ressenti, le sentiment d'insuffisance qui l'agitait depuis son dialogue avec le vieux castor, Atik les avait su mettre en de justes mots.

Ikoué reprit les *trails.*

Cette fois, il explora les lacs et leurs décharges. Il examina des sources, sonda des rivières. Il y a plus d'eau que de terre en ce pays, tout compte fait, et il n'eut pas facile besogne de tout graver en sa mémoire, de tout connaître de ces courants et de ces eaux quiètes.

Mais quand il revint au ru, à l'étang, à son eau-amie et à la colonie des castors, il avait de bonnes choses à dire et se tint longtemps sur la rive, appelant le castor.

Mais la bête ne vint pas.

Pas la plus petite ride sur l'eau, aucun mouvement aperçu dans l'onde limpide. Ikoué appela de nouveau, et de nouveau ce fut le silence.

« Il est là, pourtant, » se disait l'enfant. « Il m'entend l'appeler et il se garde de répondre. »

Il marcha impatiemment de long en large, appela de nouveau et sa voix se faisait presque implorante. Et toujours l'immobilité et le silence.

Alors, l'eau dit :

— Tu veux qu'il t'entende ?

— Oui.

— Viens près de moi, colle ta bouche à ma surface. Il est au fond, qui attend. Ne crie pas son nom, mais doucement murmure. Transmets-lui une voix de patience. Il te connaît mal.

Ikoué s'inclina vers l'étang, fit tel que lui disait l'eau et chuchota le nom du vieil animal.

— Chef des Castors, je voudrais que tu m'entendes.

Il lui fallut répéter encore les mots, bien mettre dans sa voix la douceur et la tolérance qu'il ressentait.

Cette fois, quelque chose bougea au fond de l'eau et le jeune Algonquin vit apparaître le vieux castor, nageant vers la surface. Il émergea sans se presser, du nez d'abord, puis de la tête, puis il s'éleva un peu, appuyé sur sa queue. Le poil de son dos luisait dans le soleil.

Son œil fixait Ikoué, aussi impassible que l'œil d'un Iroquois.

— Je t'écoute, dit-il.

Doit-il être décrit en ses moindres mots la paix que firent ce jour-là Ikoué et le Vieux Castor ? Tous les mots sont de même qui tendent à effacer le passé, à surprendre de nouveaux avenirs. Tracer le nouveau chemin ne demandait de l'homme qu'une flexion neuve de la voix, qu'un choix autre de paroles, qu'une expression modifiée des sentiments. N'être plus, d'un seul coup et sans retour en arrière, l'homme simplement l'homme, mais devenir un peu plus qu'un homme et accepter la condition de la nature.

Ikoué avait pu se dire qu'il inventerait sans façon la nouvelle palabre. « Vois-tu comme j'ai erré, la première fois, Castor. J'avais méprisé l'humilité nécessaire. Disons-le, je coupais au plus court, j'ambitionnais le but sans devoir parcourir le chemin. Pressé peut-être, sûrement impatient, j'ai usé envers toi de procédés dont les Blancs ont le secret. J'ai ordonné alors que je devais collaborer. Tu me vois donc aujourd'hui bien contrit, et voilà pourquoi je rouvre avec toi cette palabre. » Toutes ces pensées Ikoué les connut et il en dit autant et plus encore au vieux castor.

— Je comprends que tu ne veuilles pas déloger ta colonie. Le sentiment est trop naturel, trop inspiré du droit des bêtes pour te le reprocher.

À cela, le Castor ne pouvait que souscrire.

— Les miens ont des droits de survie, en effet.

C'était, chez le vieux chef, une surprise bien inattendue que le retour en humilité, en condescendance, en sagesse du jeune Algonquin. Il s'était attendu à l'attaque brutale suivant le refus, il trouvait plutôt un désir ardent de composer. Il n'était pas dans sa nature de se raidir plus longtemps. Naturellement grégaire, naturellement bon, naturellement généreux, il laissait son instinct reprendre force.

— Je t'écoute, en tout cas, dit-il à la fin. Mais sa voix était plus douce.

— Voilà donc ce que je propose, dit Ikoué. Je t'ai déjà expliqué que si tu as besoin de cette eau pour survivre, d'une façon elle m'est nécessaire aussi. Mes raisons ne sont pas tout à fait les tiennes. Elles n'en sont point éloignées non plus. J'ai besoin que cette eau reprenne son cours. Je te le demande, mais je n'arrive pas les mains vides.

Il s'était assis devant le castor, les jambes repliées sous lui, à la façon millénaire des Indiens. Il parlait posément, d'une voix égale. Il se sentait écouté, et compris aussi. Rien n'était plus semblable à la première palabre. Ikoué voyait bien la force du raisonnement de l'eau. Il comprenait la puissance de la douceur et du bon entendement. Plus que jamais encore depuis qu'il avait reçu les premiers conseils de l'onde, en reconnaissait-il l'importance et l'actualité.

— J'ai exploré, continua-t-il, tous les pays d'alentour. Depuis la grande rivière à l'ouest jusqu'au lac sans fin qui est à l'est. J'ai franchi des rapides, j'ai traversé des lacs, j'ai fouillé toutes les décharges et observé tous les petits cours d'eau. J'ai tenté de me mettre dans votre idée, de connaître vos besoins tels qu'ils sont, J'ai comparé ce que j'ai vu à ce que vous avez ici. Et c'est ainsi que j'ai trouvé pour vous, à une heure de marche d'ici, un lieu infiniment meilleur, des eaux beaucoup plus douces encore, justement l'endroit où construire vos cabanes de telle sorte que jamais vous ne manquerez de rien, tant est riche l'alentour, tant est poissonneuse l'onde, tant sont belles et tendres les écorces.

Ikoué faisait le geste, montrait la tendreté, la richesse, l'abondance. Des deux mains il délimita la taille des arbres.

— Il y a cent bouleaux de cette grosseur, je les ai comptés ; des trembles, des saules, des hêtres.

Pour chaque arbre, il indiquait la grosseur du tronc.

Le castor écoutait sans interrompre.

— Si tu veux, conclut Ikoué, je vous aiderai à transporter là-bas vos richesses. J'ai même apporté des sacs où entasser vos provisions d'hiver. Je porterai ces sacs sur mon dos.

— J'ai bien pensé, dit le Castor, que tu viendrais à comprendre. Tu veux que nous allions vivre en ce pays que tu as exploré pour nous ? L'échange est honnête. Si tu l'avais proposé la première fois, je t'aurais écouté, peut-être. Tu le proposes aujourd'hui, et, tu vois, je t'entends. Tu le proposes avec humilité, et je consentirai donc. Demain, si tu veux, nous déménagerons vers cet endroit dont tu parles, et nous te laisserons ton eau.

Il en fut ainsi.

Au petit matin, quand l'aube n'était que rose encore, Ikoué se joignit aux castors et transporta avec eux la masse de provisions, les fines écorces de bouleau, les mousses de calfatage, tout ce qui constituait la richesse de la colonie de castors.

Toute cette journée-là, l'exode se poursuivit sous la direction du vieux castor.

Au nouvel endroit de vie, il n'avait toutefois pas accepté le site d'emblée. Il avait humé le vent, flairé le sol. À la nage, il était allé explorer les fonds, et il avait tâté la solidité des rives.

(C'était un goulot d'eau limpide, protégé par des berges hautes, en terre bien tassée à la base et recouverte jusqu'à hauteur d'homme par une couche de pierres rondes, bleutées. Nulle bête étrangère ne pourrait s'introduire dans la colonie subrepticement. Il y avait ici une garantie de sécurité que l'endroit précédent n'offrait aucunement. Pour accéder aux cabanes, il fallait absolument passer par le goulot, et c'était là que les castors pouvaient ériger leurs meilleures défenses. On y vivrait, en cette nouvelle eau, bien paisiblement, à portée aussi de tous les aliments favoris et sans avoir à redouter les crues ou les attaques. On n'y craindrait même pas l'homme, car l'installation ne nuirait à personne.)

L'eau du lac était fraîche, limpide sur un fond de sable gris. Le poisson y abondait, les courants étaient doux. Cela, Ikoué l'avait vérifié des heures durant, explorant la nappe d'eau, en scrutant les moindres recoins, goûtant son onde, humant son odeur. De goût donc, de senteur, de fraîcheur, de richesse, il n'y avait certes pas de meilleure eau pour les castors. Quant à ce goulot alimenté par un ru continuel, il offrait un habitat que le vieux chef eût été mal venu de rejeter.

— Je te remercie, dit-il à Ikoué lorsque l'inspection en fut complétée, tu as bien su choisir. Il se peut maintenant que tu saches comprendre les castors.

— Je les comprends, oui, je le crois.

Quand Ikoué revint à son eau, le même soir, qu'il la retrouva paisible et somnolente en son étang, il se hâta d'abattre l'ancien barrage des castors, et l'eau s'élança vivement dans son ancien lit, retrouva ses cailloux, emplit le ru, courut gazouiller toujours plus loin en érodant toutes les courbes des berges.

— Maintenant, il n'y a plus que toi, dit Ikoué au ru. Et il n'y a plus que moi. Je peux vivre.

— Et moi aussi, dit l'eau.

Mais elle ajouta, comme dans un souffle, des mots que le jeune Algonquin dut lui faire répéter.

— Il faut maintenant, dit-elle, savoir si ta demande a été juste, bonne la décision du castor, et logique mon bonheur présent.

— Que crains-tu donc ?

— L'ordre de la nature, peut-être, son ordonnance immuable, dont on sait qu'il ne faut jamais l'altérer.

— En quoi aurions-nous enfreint l'ordre de la nature ? s'écria Ikoué.

— Qui sait, fit l'eau, qui sait ?...

Ikoué et le feu.

10

Il fallait que la vie se continuât, maintenant. Là-bas, dans leur nouvelle demeure, les castors édifièrent un barrage de contrôle, fabriquèrent leurs cabanes sous-marines, reconstituèrent les greniers. Ils y mirent trois jours et le labeur de toute la tribu. Après, ils purent revivre et survivre, plus heureux qu'ils n'avaient jamais été.

À l'étang maintenant disparu, l'eau ne faisait que passer dans l'ancien lit retrouvé. Elle courait à son destin, plus limpide on eut dit qu'auparavant, plus rapide, plus joyeuse.

Et pour Ikoué, ce fut le recommencement des beaux jours. Quiète et entière possession de son eau, sans ingérence, sans tumulte d'âme, sans angoisse. Il pouvait s'étendre sur la berge, avancer les épaules au-dessus de l'eau, contempler des heures durant son mouvement, sa course, l'ardeur de sa caresse sur les rochers du fond.

Ainsi vit-il nager la truite, qui se hâtait dans l'eau sombre, et faisait halte dans les trouées de soleil. Il la vit somnoler au lé d'un rocher, jouir silencieusement de la tiédeur.

Dans le bruissement continuel de la forêt au-dessus, à chaque heure un peu plus. Ikoué perçut de nouvelles voix. Il comprit et dialogua. Avec l'insecte, avec l'oiseau, avec la cime feuillue des arbres, avec les plantes enserrantes ou avec les herbes du sol, il entreprit une fraternisation douce. Ce n'était plus de l'apprentissage, mais une véritable communion.

Il sentit aussi courir en ses veines un sang d'homme. Il en avait connu le symptôme déjà, il avait ressenti la première aisance d'homme. Désormais, il se savait un Algonquin en possession tranquille de son savoir. Rien n'était plus semblable à hier, rien ne serait jamais plus semblable. Les chemins s'étaient élargis, les voûtes feuillues étaient plus majestueuses.

Homme-maître, homme-roi, homme.

C'est ainsi qu'il apparut au *mikiouam* un jour. Même sa démarche était différente ; les épaules plus droites, le talon plus péremptoire, le balancement des bras plus marqué.

Il vint mains vides, car le temps de la viande était passé et le temps des pelleteries n'était pas encore là.

— Je viens, dit-il à son père, me préparer à la neige.

Ce n'était pas encore l'automne. Pas tout à fait. Il y avait des froidures matinales, il y avait des vents glacés la nuit, parfois. Venaient sur les lacs des brusques poussées fraîches, mais les feuilles étaient encore presque toutes vertes et le soleil pesait lourdement chaque jour.

— La neige est si proche ? dit le père.

— Non, mais je serai prêt.

Il expliqua, patiemment, puisque nul du *mikiouam* ne semblait comprendre.

— Je n'attendrai pas le gel. Je monte mes ballots et je construis un *mikiouam*. C'est là-bas que j'attendrai.

Il se fit un long silence pendant qu'Atik digérait la déclaration d'Ikoué.

Elle ne différait en rien de celles, entendues autrefois, qu'avaient faites les autres fils. Chacun, parvenu à son âge d'homme, n'avait-il pas décidé de partir plus tôt chaque année, de vivre sur son territoire de chasse comme un homme, seul dans un *mikiouam*, à ordonner ses propres jours ? Et à le faire sans aide.

Comme s'il devenait nécessaire de couper le cordon, de s'éloigner du centre vital, de mettre à l'essai ses propres facultés de survie.

— Je reviendrai au printemps avec la fourrure, dit Ikoué.

Cette décision, il l'avait prise sur les berges de son ru. Pourquoi ne pas y habiter ? Pourquoi ne pas se dissocier du grand *mikiouam*, et vivre libre jusqu'au printemps, alors qu'il rentrerait au sein de la famille, fier et triomphant ?

Atik inclina la tête et la mère fit pareillement. Ils possédaient tous deux la sagesse ancienne. Ils savaient le prix de la solitude. Ils reconnaissaient le besoin d'homme qui animait leur fils.

— Va donc, dit Atik. Je t'aiderai à préparer tes ballots.

C'est en canot que repartit Ikoué, portageant les charges. Il était prémuni contre le froid par les vêtements lourds enroulés dans les ballots, contre la faim par la provision de sel, de farine, de thé et de balles. Liés en faisceaux, il portait aussi les pièges qui serviraient à prendre les bêtes à pelleterie. La charge était lourde, mais il avait le temps, la patience et la force de la mener à destination.

Il navigua et portagea jusqu'au ru. Là, sur la rive qui avait été hier le lit même de l'étang des castors, il installa les ballots et mit une journée à construire un *mikiouam* recouvert d'écorce de bouleau.

Il le fit spacieux à sa base, effilé du haut. Le lit de sapinages fut recouvert de mousse sèche bien fourrée entre les branches, jusqu'à devenir un matelas doux et spongieux.

Au centre, il plaça des pierres qu'il mit une heure à choisir, formant un foyer commode, aux bords relevés, sur lesquels il plaça trois tiges de fer servant de gril.

Aux poteaux du *mikiouam* il fixa des attaches de fil de laiton auxquels il pendit ses vêtements de rechange et les parkas d'hiver. Il accrocha les pièges au dehors, grâce à de semblables attaches. Il était prêt, il pouvait attendre le froid.

Était-ce ainsi qu'il l'avait donc voulu ? Trouver une eau près de laquelle vivre ? Communier avec elle, partager ses ambitions, ses joies, même ses angoisses ? Mais quelles angoisses pouvait-il connaître désormais ?

Avant que ne vienne l'hiver, il pourrait vivre des semaines ici, sans heurt, sans hâte, se nourrissant à même la forêt, à même les eaux. Il aurait tout le temps de dialoguer avec le ru, d'enrichir davantage encore sa connaissance. Ce ne serait plus l'échange hésitant des premiers jours, ce n'était plus déjà rien de semblable à cet hier pourtant encore bien proche. Ce qu'ils se disaient, maintenant, cet homme et cette eau, c'était des paroles sages et durables. D'une façon même, Ikoué le découvrit un matin, il enseignait à son tour à l'eau. Raison de vivre de l'homme, visions d'homme, opinions, préceptes... Rien de tout cela n'était concerté. Le partage était spontané, à peine conscient.

Combien de jours qui devinrent des semaines, combien de semaines que nul ne dénombra ?

Peu à peu le soleil perdit sa chaleur, petit à petit la forêt se prépara pour l'hiver. Les feuilles tombèrent et le seul vert qui resta fut celui des conifères. Le sol durcit, s'assécha, se raidit contre le froid.

Il y eut des matins où l'eau sembla alourdie. Elle n'avait qu'un mouvement sourd pour se glisser contre les cailloux. Quand Ikoué y plongea la main, il sentit monter du fond la froidure neuve, en rien semblable aux fraîches sautes de vent d'été. Il n'y avait plus la rémission du soleil, mais seulement cette puissance glacée, dure et implacable, qui descendait lentement du Nord pour s'emparer de tout, pour envelopper tout, pour immobiliser le pays entier.

« Il faudra, » se dit Ikoué, « que j'abatte ce *mikiouam* pour regagner mes terres de chasse. »

Mais il attendit encore.

Un matin, il vit en s'éveillant que la gelée blanche couvrait les mousses. Dès lors, il ne pouvait plus différer.

— Je pars, dit-il à l'eau.

— Moi, je devrai me cacher sous ma glace, répondit-elle. Demain peut-être. Bientôt, en tout cas.

Ikoué mit deux jours à compléter son exode. À destination, il construisit un autre *mikiouam*, mais l'érigea, celui-là, bien à l'abri d'un ados de roc et tout contre un bouquet de sapins qui bloquait le nord.

Ceci fait, il délia ses pièges et se mit à la tâche de trapper, puisque telle était sa besogne humaine.

Il retrouverait son eau au printemps. D'une façon, au printemps il recommencerait à vivre.

11

Ce fut un dur hiver, haut en neige, aux froids dévorants. Un hiver où le soleil parut à peine, bousculé de vents atroces accourant du nord et secouant la forêt.

Chaque jour de besogne fut pour Ikoué un martyre. Les prises étaient bonnes, les pièges rendaient bien, mais la levée exigeait du jeune Algonquin toute sa force, toute sa résistance. Il survécut parce qu'il était fort.

Maintes fois la forêt vint à un cheveu de le vaincre. Toujours il put combattre et réintégrer son *mikiouam*. Alors, ces soirs-là, le feu était plus vif, le thé plus fort et la viande était consommée presque crue. Au matin, ses forces renouvelées, Ikoué bravait de nouveau l'horreur.

Il avait planté cinq cents pièges. Un Blanc en eût requis mille, mais Ikoué n'avait pas étudié ses terres de chasse en vain, l'été précédent. Chaque piège avait été disposé selon la géographie animale de la forêt, nul ne le fut inutilement.

Quand vint janvier et le pire des temps durs, les peaux s'amoncelaient, prêtes déjà, séchées, apprêtées, dans un coin du *mikiouam*. Au Printemps, Ikoué porterait aux siens une chasse riche. Il entrerait chez lui en toute fierté.

Ce fut au début de février qu'il ressentit la première nostalgie de l'eau. Auparavant, la seule tâche de survivre avait été si absorbante que s'il avait songé à l'eau du ru, cela n'avait été qu'une pensée fugitive, aussitôt refoulée par d'autres besoins, plus impérieux, ceux de vaincre le froid, ceux de se guider dans le blizzard, ceux de reconnaître l'endroit des pièges. Mains nues parfois, malgré la brûlure du froid, ouvrir l'appareil de métal, dégager le vison, ou la martre... Est-il possible, à ces moments, d'évoquer une eau vive, courant tiède sur des pierres ? Ou de se souvenir du goût de l'eau à la fraîcheur de juin ?

Une seule pensée, rythmée par la respiration tendue, haletante, difficile : arracher l'animal de son carcan de métal, manier cette carcasse gelée, dure comme du bois, replacer le piège, bander le ressort, fixer le trébuchet, étendre dessus la neige fine, puis repartir, trouver un autre piège, et recommencer.

Au soir venu, lourd de ce fardeau de bêtes mortes, rentrer au *mikiouam* pour dégeler les cadavres, pour les écorcher, tendre les peaux sur les séchoirs, les appareiller ensuite... Une besogne patiente, continuelle, régie par une routine millénaire. Cerveau vidé de toute pensée, la seule préoccupation restant l'acte accompli d'heure en heure, de jour en jour, semblable, impérieux.

Mais à la fin, le corps s'habitue au froid, les mains sont moins lourdes à la longue, l'esprit peut se détacher un peu, errer, se complaire. L'imagination revient avec les loisirs mieux goûtés. Dans la solitude du *mikiouam*, le soir, assis devant le feu, Ikoué pouvait oublier la tâche du jour, la nécessité du lendemain semblable à aujourd'hui. Il pouvait oublier les pièges et les peaux et songer ses songes.

Et c'est alors que le jeune Algonquin comprit l'importance de cette eau dans sa vie. Les années d'auparavant, à quoi avait-il rêvé, dans sa solitude, sinon au retour vers la famille, au recommencement de la vie de groupe, aux joies lentes de l'été qui se savourent à la petite mesure. Il avait espéré revoir ses frères, échanger avec eux ses découvertes, parler des bêtes, de la pose des pièges, de sa réussite et de la leur.

Il avait rêvé de se retrouver au repas, assis avec la famille, devisant gaiement.

Pourquoi donc, aujourd'hui, rien n'était-il plus semblable ?

Dans l'habitation d'écorce, Ikoué rêve à son eau. Il n'a plus que ce rêve, mais il le tient pour si grand qu'il n'en veut point d'autre.

Quand sera revenu le temps doux, il portagera vers le sud, il portera les peaux à son père. Mais il ne s'attardera pas au *mikiouam* familial. Aussitôt le compte fait de sa tâche, il remontera vers le ru caché, il retrouvera le plat de mousse où de nouveau il érigera un tipi d'écorce. Et c'est tout à côté de son eau qu'il passera l'été.

Que se diront-ils cette fois ?

Quelle nouvelle science échangeront-ils ?

Et comme tout cela est simple en lui. Nulle angoisse, nulle inquiétude, nulle diversion. Une seule pensée, une seule joie, imprécise, enveloppante, tendre : retrouver l'eau et coller sa bouche une fois de plus à la surface fraîche.

Plus rien n'importe que cela.

Le vent peut souffler dehors, le froid peut tordre les arbres, la neige peut s'amonceler à hauteur d'homme, les lacs peuvent périr sous leur poids de glace, rien de tout cela ne compte plus. Ikoué possède une fois encore le rêve de l'eau.

Immobile devant son feu, il n'habite plus ce pays d'horreur, il a quitté ce monde glacé. Il est maintenant dans la forêt de juin, et l'eau coule en chantonnant sur les cailloux.

Tout est doré, tout est reverdi, tout vit, tout bouge, et tout est tendre.

À vrai dire, Ikoué imagine même entendre chanter un oiseau.

En mars, en tendant un piège, plus gros celui-là, propre à capturer les pécans ou les renards, la main d'Ikoué glissa. Les lames dentelées se refermèrent, mues par le puissant ressort et entaillèrent profondément la chair. Il lui fallut de grands efforts, au prix d'une douleur très vive, pour enfin rouvrir l'appareil. Ikoué en retira sa main ensanglantée, dont la paume surtout était fendue horizontalement.

Hâtivement pansée avec un lambeau de sa chemise, la blessure ne le fit souffrir que modérément toute cette journée-là. Surtout à cause du froid engourdissant qui bloqua le flot du sang et insensibilisa la plaie vive.

Mais le soir, près du feu, dans la douce chaleur du tipi, la chair humaine reprit ses droits. Maintenant, elle pouvait souffrir. Déchirée, elle n'avait que ce moyen de se défendre, de protester, d'accuser le coup.

Ikoué fut désemparé. Il y avait, sur les buissons des alentours, des baies guérisseuses, gelées soit, durcies par l'hiver, mais encore capables de remplir l'office que leur avait désigné la nature. Le malheur était qu'Ikoué, tout en connaissant bien d'autres baies, tout en sachant l'utilité des plantes d'été, des feuilles tendres, des fleurs aussi, ignorait lesquelles, en hiver, pouvaient soulager son mal.

Il s'en voulait de n'avoir jamais prévu l'accident, de n'avoir jamais questionné son père ou sa mère. Était-ce parce que jamais encore aucun des fils ou nulle des filles n'avait eu d'accident au temps de la trappe ? C'était aussi de la négligence, il en convenait.

Pour tout remède, cela seul qu'il avait en son *mikiouam*, et c'était bien peu. Du sel, de la viande, de la farine. Il songea à cette farine aussitôt et s'en fit un cataplasme. Protégée de l'air, la blessure ferait peut-être moins mal. La douleur s'assagit en effet, et Ikoué put enfin dormir.

Mais la blessure était profonde, les chairs durement entaillées. Si le cataplasme de farine chassait la douleur, il ne combattait point l'infection. Durant la nuit, le mal empira, mais sourdement. Si bien qu'en s'éveillant au matin, Ikoué aurait pu croire à la guérison proche, n'était que la main faisait peine à voir, enflée, bleue, la peau tuméfiée.

Sagement, il décida de ne pas sortir au froid cette journée-là, et d'attendre plutôt que le mal en lui s'assoupisse. Il se sentait fiévreux, des douleurs montaient jusque sous le bras, jusqu'à la tendreté de l'aisselle.

À midi, au plus haut du jour, il se fit du thé, et se rendit compte, après l'immobilité de trois heures, qu'il voyait mal les objets, qu'il avait peine à accomplir des gestes précis. Il vivait comme détaché de ce qui l'entourait. Il lui semblait entendre des sons qui n'existaient pas. Il les savait étrangers, impossibles aussi. Une partie de son conscient les rejetait, mais une autre partie, sur laquelle il ne semblait exercer aucune retenue, reconnaissait les sons. N'étaient-ce pas des voix familières ? Il entendit distinctement rire sa sœur la plus jeune. Il la vit, dans toute sa beauté d'adolescente. Il entendit couler une cascade aussi, et chanter un oiseau du matin. Un peu plus tard il entreprit un long dialogue avec un homme qui se tenait dans la porte du tipi. Il discuta avec lui de la trappe, il lui montra les ballots de pelleterie déjà accumulés, et l'homme répondit. Il fallut bien que le conscient d'Ikoué se secouât, chassât l'importun pour que le subconscient admît l'inexistence de cet homme.

Couché sur son lit de branchages et de mousse, Ikoué ruisselait de sueur. Pourtant, il restait assez lucide pour ne pas laisser mourir son feu. Trois fois ce jour-là il se traîna jusqu'au bois sec cordé le long de la paroi, et trois fois il raviva le feu.

Le soir venu, il réussit à infuser une tasse de thé. Il but goulûment à même la tasse en fer émaillé. Il but comme s'il s'agissait de quelque liquide essentiel, nourricier et plus encore : sauveur.

Comme le thé lui rendait quelque force, il refit le cataplasme de farine, l'enveloppa ensuite dans un autre lambeau arraché à une chemise propre.

Puis il se recoucha.

Les rêves du jour, phantasmes de fièvres, devinrent pis encore quand la nuit s'appesantit sur la forêt. Tous les cauchemars accoururent. Des loups hurlants, la gueule pleine de bave, assaillirent le *mikiouam*. D'immenses bêtes, sans nom, sans origine, envahirent l'habitation, menacèrent Ikoué de leur masse écrasante. Des hommes vinrent, des Blancs qui invectivaient Ikoué. L'un d'eux, bedonnant, sanglé dans une veste de chasse, lisait à Ikoué des documents interminables qui annonçaient le rasage de toute la forêt, l'émigration de tous les Indiens vers d'autres pays. Une

Blanche vint rire sous le nez d'Ikoué et le traiter de « Sauvage ! Sauvage ! Sauvage ! ». Un avion vrombit en folles plongées au-dessus de tout le pays, laissant jaillir derrière lui une traînée de poudres mortelles qui tueraient les arbres et les bêtes, qui empoisonneraient l'eau...

L'eau, soudain.

Retour à la paix. Retour des chants d'oiseau, des bruissements. Ikoué se retrouva près de son eau. Il y faisait doux, il y faisait bon. Il était étendu près du ru, il montrait sa main sanglante, mais il ne ressentait aucun mal. Plutôt, il se sentait envahi d'un bien-être nouveau. Et l'eau murmurait, chuchotait, confiait des secrets.

« Près de ton *mikiouam*, disait-elle, à vingt pas vers le bosquet de sapins, il y a trois arbustes. Celui du milieu porte des baies que le froid a noircies. Cours vite chercher ces baies, et prépare une tisane. Quand tu l'auras bue, le mal partira. »

Ikoué n'entendait pas encore. Il percevait bien le murmure de l'eau, mais il n'entendait pas les mots. Désespérément, un coin obscur de son cerveau tentait de saisir les mots, disait au reste de la pensée de se hâter de comprendre...

« Ne sais-tu pas le langage de l'eau ? Que te prend-il de l'ignorer alors que tu as tellement besoin de savoir ? Tends mieux l'oreille. »

Ikoué s'approchait de l'eau.

« Tu ne saisis pas ? Va plus près. »

Il s'approchait encore. Il était au-dessus. Sa bouche humait l'onde fraîche.

« Près du bosquet de sapin, » disait l'eau, « vois les trois arbustes. Prends les baies rabougries de celui du milieu. Tu t'en feras une tisane qui te guérira... »

Brusquement, ce fut comme une grande lumière en Ikoué. Il se redressa sur sa couche, fonça sur les bêtes, brava les loups hurlants, abolit les phantasmes. Sans plus de vêtements qu'il n'en portait pour dormir ce soir-là, il courut dans la neige, mais il ne sentait ni le froid, ni la rigueur du vent. Il alla tout droit aux trois arbustes et cueillit, à celui du milieu, de pleines poignées de baies qu'il rapporta ensuite en les tenant précieusement, jusqu'au *mikiouam*.

Mais maintenant il était éveillé, il était conscient. Une grande angoisse venait en lui de savoir comment il avait pu deviner la qualité de ces baies. Il se souvenait d'avoir entendu l'eau — son eau — lui murmurer des instructions, mais le combat du conscient et du subconscient se faisait toujours en lui.

Voyant les baies, il se souvint de l'usage qu'en faisait sa mère. Il les reconnut aussitôt et sut qu'en infusion elles chasseraient la fièvre.

Vitement il mit bouillir de l'eau sur le feu. La tisane coula en lui, brûlante, réconfortante, plus réconfortante encore que le thé, et quand Ikoué se recoucha, déjà il sentait que le mal serait vaincu.

Il fit encore des rêves, mais il lui sembla qu'ils étaient moins atroces. En tout cas, ils semblaient plus lointains, moins menaçants. Quand il rouvrait les yeux, harcelé par quelque malfaisante image, il retrouvait son *mikiouam* vide, où le feu jetait une rassurante lumière.

Au matin, il se sentait mieux déjà. Il se fit à manger et constata que l'appétit lui revenait. Son front était moins brûlant, son corps moins moulu.

Il fut dehors cueillir d'autres baies. D'une partie il se prépara une autre tisane, et de l'autre partie écrasée, réduite en pâte, il se fit un cataplasme qu'il étendit sur les chairs sanguinolentes de la blessure.

Ce soir-là, l'enflure de la main était disparue et la cicatrisation commençait. Ikoué n'avait plus de fièvre, et les forces lui revenaient rapidement.

« Demain, » se dit-il, « je retournerai à mes pièges. »

Il y retourna, perclus d'une main, plus malhabile qu'auparavant, mais encore capable d'accomplir sa tâche.

Ce qui venait de se passer pouvait tomber dans l'oubli. C'était un mauvais moment, nul besoin de s'en souvenir. Il fallait vraiment oublier.

Oublier ?

Tout, peut-être, sauf le murmure de l'eau venu dans le rêve. Cela, en Ikoué, restait présent, clair désormais comme une vision de plein midi.

Une immense reconnaissance montait en lui pour cette eau qui avait pu, par quelle magie il ne le pouvait comprendre, venir à lui jusque dans sa fièvre, s'évoquer à travers les phantasmes, et dire à celui qu'elle aimait où trouver le remède à son mal.

Car c'était bien l'eau, il le savait, c'était bien son eau à lui, qui était apparue là, dans son délire, qui l'avait conseillé.

Ikoué comprit qu'il s'agissait d'un miracle. Et comme il n'avait jamais tenté de percer les mystères de la forêt, de ses puissances bienfaisantes ou malfaisantes, de ses divinités dont il adorait l'essence sans en comprendre la nature, il ne s'étonna plus qu'en sa fièvre l'eau immobilisée là-bas sous sa gangue de glace eût pu lui apparaître et lui parler.

Il se contenta de remercier le *Kije-Manito* qui veillait ainsi sur lui.

Puis il se remit à la besogne de relever les pièges, de sécher les peaux, de les appareiller.

Ikoué immobile, regardait l'eau.

12

Quand vint le printemps, Ikoué fut étonné de découvrir que tous les signes insidieux, la tiédeur neuve du soleil, l'affaissement des neiges, l'amincissement des glaces sur le lac, il les avait à peine perçus.

Attentif aux pièges, pris par la ronde quotidienne qu'il devait accomplir, absorbé par le dressage des peaux dans le tipi, il n'avait pas eu conscience de la marche des jours.

Il s'était bien senti, quelques fois, alourdi par une pesanteur qu'il n'avait éprouvée de longtemps. Parfois, en creusant la neige pour trouver un piège, ses mains avaient touché le fond noir, liquide, preuve que la chaleur commençait à monter de la terre. Mais cela n'avait été que de courtes consciences des choses ; aussitôt il s'était de nouveau adonné à la besogne sans penser.

C'était que les ballots de pelleterie étaient considérables. Deux fois plus volumineux que l'année précédente. Il rapportait un butin inespéré. Inespéré ? Pas tout à fait. Il avait senti, dès l'été, que sa plus grande acceptation de la nature, sa plus entière compréhension des bêtes, son souci plus ordonné de respecter le bien-être de la forêt lui seraient favorables.

L'eau ne l'avait-elle pas dit ?

C'était le début d'une ère nouvelle, dont il venait de vivre le premier cycle. Qu'il persiste en son dialogue avec la nature et qui sait si, une année suivant l'autre, la trappe ne sera pas aussi bonne ?

Il aurait cette année quatre ballots de peaux. C'était le double des années passées. Et parmi les peaux, Ikoué rapportait le plus beau vison qu'il n'eût jamais pris, la plus belle martre. Là-bas, au grand *mikiouam*, Atik serait fier de son fils. On parlerait longtemps de cette chasse qui assurerait non seulement la survie, mais plus encore, qui permettrait une meilleure vie pour la femme et les filles ; la gratification de désirs latents chez les hommes. Qui n'avait besoin d'un nouveau fusil, d'une veste plus chaude, de bottes plus étanches ?

Et si, pour une fois, Ikoué allait se permettre des hardes voyantes, plaisantes à ses goûts de jeune ?

Il pouvait s'adonner à son rêve, les pelleteries dans le tipi témoignaient qu'il y avait bien droit.

Aussi donc, quand il reprit le portage de descente, le canot calé jusqu'au bordage, il ne se sentait pas peu fier. Si bien que malgré tout le goût qu'il eût de courir à son ru et de saluer son réveil, il opta plutôt pour le chemin court, le menant en droite ligne au *mikiouam* familial. On verrait bien que lui, Ikoué, n'était plus le garçon hésitant qui apprend son métier d'Indien, qu'il était devenu l'homme dont on parle, celui qui sait tendre les pièges, qui rapporte les plus belles peaux.

« L'eau, » songeait Ikoué, « m'a tout donné. Et quand j'ai failli périr, elle me redonna la vie. »

C'est ainsi qu'il le raconta à son père, mais secrètement, à la faveur d'un dialogue, assis sous les mêmes pins, à quelque distance de l'habitation.

Il raconta sa blessure. (Car on s'était exclamé en voyant la cicatrice hideuse. Il avait vu se troubler le visage ordinairement impassible de sa mère. L'une de ses sœurs avait même pleuré un peu, comme pleurent les femmes, même lorsque le danger est bien loin.) Il narra comment il s'était tranché la paume, ce qu'il avait fait. Il décrivit la fièvre et, après une pause, en hésitant, il révéla aussi comment l'eau était venue dans son cauchemar, claire et fraîche, pour lui rappeler où trouver les baies guérisseuses. Il le dit à mots sourds, hachés, comme s'il craignait le rire de son père, ou son ironie, ou sa réprobation. Faut-il croire les rêves, s'abandonner à toutes les fantaisies ? Un Algonquin doit être réaliste, savoir distinguer le songe de la vérité. Il faut savoir marcher de l'avant, battre sentier, évaluer la forêt, découvrir les bêtes. Pas de place pour l'imagination, seulement un raisonnement net et précis... Voilà les enseignements reçus, et ne serait-ce pas ce que lui rappellerait son père, en entendant parler de miracles ? Il n'y a pas de miracles, dirait Atik, seulement la compréhension accrue, dépassant celle du Blanc et semblant surnaturelle, de tout ce qui vit, bouge et fait des sons dans la grande forêt...

Quand Ikoué eut terminé son récit, Atik prit la main meurtrie et la tint là, dans sa main, examinant l'entaille.

— Tu connaissais pourtant ces baies, dit-il.

— Je me suis souvenu que ma mère les employait, oui. Mais seulement après mon rêve. Ce que j'en ai su dans mon tipi, c'est l'eau qui me le révéla.

Atik demeura silencieux. Il examinait toujours la main.

Puis il la laissa tomber et alluma sa pipe.

— Je te l'avais dit.

Ikoué le regarda brusquement, mystifié.

— Je ne comprends pas.

— Je t'avais dit : « Connais le langage de l'eau, tout te sera révélé. » L'eau d'abord. En ce pays où nous sommes, ce pays des cent mille lacs, des dix mille rivières, quoi de plus important que l'eau ? Ces arbres s'abreuveraient-ils ? Y aurait-il des bêtes dans les sous-bois ? Serions-nous là, sans eau ? Elle régit ce qui nous entoure et ce que nous sommes.

— Alors, mon rêve, vous y croyez ?

Atik hocha la tête.

— Je crois que ta blessure est guérie grâce à ton rêve. Cela me suffit. Et cela devrait te suffire.

— Et l'eau ?

Un nouveau silence.

— Elle a, une fois de plus, accompli son devoir envers nous. Tout le secret est là...

Ikoué resta deux jours encore avec la famille. Puis, ayant complété le décompte de ses peaux, il se sentit pressé de retrouver son ru.

Il franchit donc la distance à grandes enjambées, sans pause, sans prendre le temps de se reposer un peu. Et c'est à demi-mort d'épuisement qu'il atteignit enfin l'eau bienfaisante. Il avait peine à parler, tant sa respiration était courte et ses muscles las.

— Mon eau, dit-il, mon eau.

Et il pleurait.

Sur ses cailloux, l'eau murmurait des choses caressantes.

Ikoué montra sa main.

— Cela, tu le savais ?

L'eau eut un gazouillis, mais elle ne répondit pas.

— Dis, tu le savais ? insista Ikoué.

— À quoi bon te tourmenter, dit l'eau à la fin, puisque tu es guéri ?

Il laissa tremper sa main dans l'eau.

— Je baise, dit l'eau, ta pauvre chair meurtrie, mon ami, et je voudrais lui redonner toute sa vie d'autrefois.

Elle retenait la main, lui insufflait une force nouvelle et mystérieuse, tentait en effet de refaire les chairs tuméfiées, de redonner à la paume fendue, à la cicatrice hideuse le lissé d'antan.

Ce furent des retrouvailles simples, mais à plein cœur, à pleine âme. Longtemps, Ikoué resta étendu sur la berge pour reprendre des forces. Et ce ne fut qu'au haut soleil qu'il se mit à la tâche de se construire un tipi.

— Tu resteras près de moi ? demanda l'eau.

— Oui.

— Tout l'été ?

— Ou presque. Je te quitterai seulement quelques fois, pour aller chez les miens, ou pour aller à mon lac, faire l'inventaire des bêtes. Ensuite je te reviendrai.

(À la famille, il avait expliqué qu'il voulait, cet été-là, vivre seul, pour apprendre la liberté. On avait respecté ce désir d'homme. « Je viendrai, » avait-il dit, « très souvent. Presque toutes les semaines. Je ne manquerai de rien, je vous l'assure. » On ne lui avait pas demandé où il allait, et il ne l'avait pas dit. Il avait besoin que cette eau fût secrète encore longtemps.)

— Tu vois, dit-il à l'eau, j'accomplis mon beau projet.

Le tipi, comme celui de l'année précédente, était haut, solidement assis sur la mousse sèche. (Et combien sèche cette mousse. Ikoué ne comprenait pas que, si près de l'eau, la mousse fût aussi jaune. « C'est », dit l'eau, « qu'elle a vécu sa vie, et qu'elle a fait son temps. Elle meurt. Un jour, une autre mousse surgira là. Tu me dis près d'elle, mais vois comme je suis loin. Les berges sont hautes, la mousse est tout là-haut où tu te tiens. Je ne l'atteins plus. Le temps des castors, j'ai noyé cette mousse en moi, je l'ai abreuvée, je l'ai nourrie... »)

Il n'y avait pas que la mousse qui fût sèche, tout autour de l'ancien étang, là où l'eau s'était retirée, les plantes, l'herbe, les arbustes même semblaient anémiés. Gavés d'eau, puis privés, on aurait dit qu'ils ne s'en remettaient pas.

— N'est-ce pas toujours ainsi ? fit l'eau quand Ikoué lui montra ce pays qui semblait aride tout à coup. J'étais là, abondante, et me voici réduite à ce mince filet qui saute sur les pierres. C'est peu, pour qui a connu l'abondance.

— Tu te plains ? demanda Ikoué.

— Non, pas moi, mais les plantes se sentent délaissées. Alors elles se dessèchent.

Ce fut tout ce que dit l'eau, mais ce soir-là, avant la retraite d'Ikoué en son tipi pour y dormir, l'eau répéta cette phrase déjà dite :

— Il faut toujours prendre garde de ne pas déranger l'ordonnance de la nature.

Quand Ikoué la pressa de s'expliquer, elle feignit le sommeil, ralentit sa course sur les pierres, s'enroula contre la berge opposée pour dormir à son tour.

— Va, dit-elle au jeune Algonquin, tu as besoin de repos, et moi aussi. Quand vient le printemps, mes sources sont actives, mais parfois aussi on dirait qu'elles s'attardent au fond de la terre, qu'elles interrompent le jet, qu'elles me font attendre. Et je m'étire, je m'étiole, je crains d'être aspirée toute par le soleil. Ce sont de dures journées car alors je m'agite, je me défends de l'évaporation, je cours de-ci, de-là...

Elle eut un soupir.

— Dormons, veux-tu ? Demain, mes sources seront abondantes et je serai forte.

Et le lendemain, en effet, sa force la gonflait, elle se ruait sur les cailloux... La paix était revenue.

Ainsi passèrent les jours, ainsi se vécut un beau mois. Vint donc juin, le temps du plus beau vert, et ce temps-là aussi passa comme un songe. Ikoué fut à sa famille, en revint. Il s'alla instruire des nouvelles habitudes des bêtes à son lac, et il en revint. Trois fois encore il repartit, explorant le pays, mais toujours il revint.

Ce tipi en place, qu'il retrouvait près du ru, c'était devenu en quelque sorte son port d'attache. Il y revenait toujours. Lorsqu'il en était loin, il songeait à le retrouver. Et lorsqu'il était près du ru, chaque départ, bien calculé, bien nécessaire, bien exigeant, lui était un arrachement.

— Je voudrais, dit-il à l'eau, que ce soit l'été perpétuel, que jamais il ne vienne d'hiver et de glace pour t'enserrer. Je voudrais rester ici, près de toi. Je m'y sens bien. Je m'y sens un homme.

Quelle mystérieuse trame de pensée, quelle subtile dentelle créait en Ikoué justement ce nouvel état ? Par quelle osmose quittait-il donc son pays d'adolescence pour devenir soudain un homme ? N'y avait-il que la possession d'un ru ? Était-ce la seule cause ?

Pourquoi apercevait-il désormais la vie tout autrement qu'elle avait d'abord été ? Il voyait les arbres d'un autre œil, les dénombrait maintenant, les nommait même. Il ressentait envers les animaux des sentiments nouveaux. Ils étaient plus les compagnons acceptés, prévus de son enfance, les bêtes qui peuplaient tout naturellement ce monde où il vivait. Jusqu'alors Ikoué n'en avait questionné ni l'importance ni la nécessité. Désormais, il dénombrait les bêtes ; il leur assignait la place voulue dans le grand tout, il en comprenait sans l'avoir jamais formellement apprise, la continuelle importance dans l'ordre voulu des choses.

Mais réalisait-il ce changement ? Le détaillait-il avec autant de précision en lui ? C'était plutôt un sentiment de plénitude comme il n'en avait jamais ressenti, une manière d'être, une *présence* : le mot n'est pas trop fort.

Juin merveilleux, juillet sans jours sombres. Le soleil n'avait cessé de luire ; la forêt en était baignée. Mais aussi, une sécheresse désolait les plaines, qui rejoignait même les sous-bois. Plus de chauds endroits humides où se garer des rayons, tout était sec comme de l'amadou.

Même le ru geignait souvent que ses sources le privaient. Certains jours, l'eau n'était plus qu'un filet ténu, coulant en torsade entre les pierres. Alors Ikoué priait son *Manito*, le *Kije* de gloire et de puissance incomparable, de raviver son ru, d'enrichir le flot. Était-il exaucé, ou s'agissait-il d'un caprice des eaux profondes, mais il semblait, après les invocations ferventes, que l'eau coulait plus abondante. (Faut-il le dire, deux fois Ikoué offrit en sacrifice son repas du midi et jeûna. C'était une truite pêchée le matin dans le haut du ru, là où l'eau était plus large, un peu plus profonde. Il y vivait de ces poissons agiles. Deux fois donc, Ikoué les présenta au *Kije*.)

Quand vint le mois d'août, les soirs furent chauds, lourds comme ils le sont rarement à cette époque en forêt. Il y eut des vents tièdes qui descendirent les vallées, qui frôlèrent les lacs. De partout, à la moindre brise, montait le bruissement sec des sous-bois desséchés.

Jamais, de toute sa vie, Ikoué n'avait ainsi vu les bois. Jamais il n'avait connu de telles journées. Et dans ces nuits lourdes, dont l'air lui brûlait les poumons, quel présage se glissait ?

— Il faudrait, dit-il à l'eau, que tombent des pluies abondantes. Tout le pays se meurt de soif.

Ce mois-là, par paresse, par crainte de quitter son eau si faible, par déplaisir à voyager en des temps aussi arides, Ikoué ne se rendit pas chez les siens. Il passa ses journées assis sur la mousse qui formait, l'année précédente, le lit de l'étang. Sur cette mousse maintenant asséchée, épuisée, il rêvassait tout le jour, apprenant la paresse. Mais toujours il surveillait l'eau.

Une sourde épouvante naissait en lui. Allait-il perdre l'eau ? Les sources se tariraient-elles ? Et alors, que deviendrait-il, lui, Ikoué, sans son amie ? Il n'osait plus partir, la laisser à elle-même. Il lui semblait qu'en restant tout près, si d'aventure elle disparaissait, il pourrait encore prier *Kije-Manito*, offrir de plus grands sacrifices s'il le fallait, et peut-être provoquer le miracle du retour de l'eau.

Il rêvassait, oui, mais son esprit restait quand même aux aguets, et s'il n'imposait pas à l'eau affaiblie la fatigue de longs dialogues, il savait toutefois la rassurer, chaque matin et chaque soir.

— Tant que je serai ici, disait-il, tu survivras. *Kije-Manito* nous protège.

Se peut-il que dans les hautes branches, deux feuilles se côtoyant laissent justement l'ouverture voulue pour que cela devienne une lentille ? Quels sont les phénomènes d'optique qui régissent ces modifications dans le trajet de la lumière solaire ? Les savants expliquent bien ces choses. Ikoué, lui, les ignorait.

Il était étendu sur ses mousses et ne vit pas que là-bas, près des arbustes, un rai de soleil parvenait, ardent comme une flamme, qui chauffait les mousses asséchées, et que celles-ci tout à coup se mettaient à fumer.

Quand la flamme jaillit soudain, qu'elle courut sur la mousse, qu'elle atteignit d'un côté les arbustes aux branches combustibles et de l'autre le tipi d'écorce sèche, il était déjà bien tard. Ah, s'il y avait eu un fort courant dans le ru, peut-être eût-il été possible de puiser de l'eau, d'asperger ici, là, de conjurer le mal, de ralentir la course des flammes. Mais Ikoué n'avait que sa veste avec laquelle battre le feu, l'abattre, l'étouffer. Ce n'était pas suffisant.

En quelques minutes, malgré les cris du jeune Algonquin et malgré ses gestes épouvantés, le feu consumait le tipi, mais pis encore, il s'attaquait aux basses branches des arbres...

C'est alors que courut Ikoué, qu'il quitta ces parages devenus intenables. Qu'il dévala vers le *mikiouam* des siens, au bord du grand lac.

Pendant que, derrière lui, la forêt entière s'embrasait.

13

En peu de temps, les flammes s'élancèrent dans le ciel, et le simple feu près du ru devint un terrifiant brasier qui dévora les arbres, enjamba les lacs, s'agrippa aux montagnes et les dénuda.

De toutes les tours de guet jaillit l'alarme. Et de tous les coins de l'horizon se ruèrent les Blancs. C'est qu'ils connaissaient la richesse de la forêt et son rendement. Il ne s'agissait pas pour eux de bêtes à fourrure ou de rus poétiques, mais de ces arbres dont ils savaient tirer de l'or.

Les banquiers, les magnats, les gens de tous les pays riches de la terre voyaient périr leur bien-fonds. Trente Indiens pouvaient mourir de faim, qui les eût secourus ? Mais cent mille arbres qui flambent, et jusqu'aux gouvernements qui s'émeuvent ! Valeur de l'un, valeur des autres. Loi inéluctable du change. Depuis le jour ancien où l'homme échangea avec son frère, contre de la viande fraîche, dix coquillages, il n'y eut plus sur terre qu'un seul Dieu : tous les autres n'étant que des divinités de loisirs, vite délaissées, vite oubliées au profit de l'autre.

Ikoué en avait-il conscience, qui observait avec un œil amer le passage des avions de secours, qui entendait le roulement des équipes de soldats dans les chemins de halage ? Que de camions, que d'hommes, que de pompes, que de *bulldozers !*

La forêt hier déserte s'était peuplée par magie. La richesse des hommes étant menacée, que n'aurait-on fait pour la protéger ?

Le feu ravagea la contrée, il fut, un temps, plus fort que l'homme. Mais à la fin, tant de stratégie et tant de ruses en eurent raison.

À la faveur de deux clairières, d'un lac trop large, d'une tranchée ouverte par les bulldozers et la dynamite, l'incendie fut circonscrit et dans les journaux des villes on parla avec émotion du dévouement acharné des soldats, de l'excellence des arrosages par avion, du succès des coupe-feu. Certes, les dommages s'élevaient à des millions de dollars, mais on avait pu sauver les milliards. Tout est relatif. Au pauvre, la perte d'un seul dollar est un drame. Pour les rois cachés, les hommes riches qui possèdent la forêt canadienne et qui l'administrent de Londres, de New-York, de Genève ou de Bruxelles, perdre quelques millions pour sauver des milliards est logique.

En aucun moment le *mikiouam* familial n'avait-il été menacé. Le combat contre le feu avait été si rapidement organisé et si efficace que pour Atik et les siens, la possibilité d'une fuite ne s'était jamais présentée. On apercevait le brasier, de l'ensablure, on en pouvait supputer l'avance, le progrès. Mais il était encore loin, et plusieurs grands lacs gisaient entre lui et le *mikiouam.*

Seul perdant, Ikoué pouvait maintenant s'abandonner à sa peine. Qu'était devenu le ru dans ces flammes ? La chaleur n'avait-elle pas sucé l'eau ? Que restait-il ? Que trouver, si jamais Ikoué pouvait regagner ces parages, se reconnaître dans la forêt morte, orienter ses chemins à travers les *brûlés* noirs ?

— Il faut attendre, dit Atik qui comprenait l'impatience de son fils. La chaleur met à disparaître au moins une semaine. Il reste longtemps des braises qui couvent par terre, sous la cendre. Quand il sera temps, j'irai avec toi.

Quand enfin Atik jugea que la terre était suffisamment refroidie, il tint promesse et se mit en route avec Ikoué.

— Je t'aiderai à retrouver cette eau, dit-il.

Il en ignorait l'emplacement, bien sûr. Et tous les anciens repères utiles étaient disparus, mais au souvenir, si altéré qu'il fût, d'Ikoué, n'était-il pas possible qu'Atik mêlât sa propre science intuitive ?

Savoir reconnaître, même à distance, à travers des *brûlés*, l'endroit où coulait une eau exige justement la sagesse de l'âge. Dans le territoire noirci, couvert de cendres, où seuls émergent quelques troncs calcinés ici et là, comment reconnaître l'endroit d'un ancien bosquet d'aubépine, la forme d'une touffe de sapins ? L'ondulation du sol, perçue en forêt, se reconnaît-elle quand ensuite le sol est dénudé ? Il n'y avait plus de sentiers, plus d'arbres hauts pour guider les pas, plus d'éclaircie où reconnaître une cime, identifier une ligne d'horizon.

Le pays d'arbres poussant dru, cette espèce de velours vert qui adoucit les aspérités et arrondit tous les angles, s'était transformée en une sorte de plaine ondulante, triste à mourir, nue, dégagée, impossible à reconnaître.

— Je sais, dit Ikoué, qu'en partant de ce lac je devais marcher quinze minutes.

Il montrait une direction.

— Par-là...

Mais il hésitait, se reprenait :

— Non, comme ça...

Mais il n'en était plus très sûr.

Où étaient les faux-trembles, le bosquet d'épinettes, le coteau moussu ? Il y avait deux arbres feuillus qui encadraient en quelque sorte l'entrée de la voie d'ours par laquelle il pouvait atteindre le ru. Mais où étaient maintenant ces arbres ?

Il regardait anxieusement de droite à gauche, scrutait le terrain.

— Je ne sais plus, dit-il à la fin, je ne sais plus.

Mais Atik l'écoutait à peine. Il avait d'autres moyens, lui, qui étaient axés sur l'eau elle-même, plutôt que sur le paysage. Oui, sur le paysage aussi, d'une façon, car il s'agissait de reconnaître les versants, le cheminement possible entre des coteaux, la pente d'une vallée. Reconnaître aussi l'endroit plausible des sources.

— Dis-moi bien, exigea-t-il d'Ikoué, la direction de ton eau.

Ikoué montrait. En cela, il n'était plus question d'arbres ou de cime, mais de position du soleil. Ici se situait en lui un autre savoir, presque un instinct, millénaire celui-là, qui engage le soleil dans une servitude constante, exigeant de lui qu'il soit un phare, et plus encore un pivot dans le ciel, un appui.

— Elle allait, dit-il, nettement du nord au sud, justement là où était l'étang.

— Et ce serait sur cette plaine ?

— Oui.

— C'est une vallée plane, large. J'y arriverai...

Alors Atik étudiait le contour même de l'horizon. Partant de là, à sa façon il adoptait la fluidité même de l'eau. Il se faisait ru et coulait à son tour, passait là justement où l'eau peut passer, doit passer. Il s'abandonnait à la terre et laissait la terre ordonner son lit.

— Là, dit-il en montrant au loin un mamelon et un autre.

Il se mit à marcher dans cette direction.

— C'est de la terre de sources, dit-il. Il y a une baissière qui doit être boueuse. Ton ru venait de là.

— Il me parlait de pays tremblants, oui, dit Ikoué.

Toujours Atik scrutait le paysage calciné, minutieusement, voyant, ou devinant s'il ne le voyait pas, l'accident de terrain, imaginant l'avance d'une eau neuve, la voyant se frayer un chemin, obéir aux pentes, aux obstacles à contourner, la retrouvant là, l'observant en train d'éroder le sol pour se faire un lit.

— Je crois, dit-il, que je retrouverai ton eau.

Maintenant il marchait à grands pas et Ikoué le suivait.

Ils mirent ainsi précisément les quinze minutes voulues pour retrouver l'eau. Et Atik mena son fils exactement à l'ancien lit de l'étang, là même où l'incendie avait pris naissance.

Et c'est un mince filet d'eau, charriant des cendres noires, une eau engourdie, endeuillée, triste, que revit Ikoué.

À genoux près d'elle, sans se soucier des scories, il collait sa bouche à l'eau, la humait, lui murmurait en chuchotant tous les mots de recommencement.

— Je vais retourner au *mikiouam*, dit Atik. Maintenant, tu n'as plus besoin de moi.

Mais il se retourna au bout d'un temps, assez loin pour parler sans être entendu, et il murmura d'une voix où se mêlait la tristesse à l'orgueil :

— Tu n'auras plus jamais besoin de moi.

Comment l'exprimer, même en cette langue si riche ? Il est des mots de bouche et des mots d'âme. Atik savait mieux abriter les uns qu'énoncer les autres.

Il reprit lourdement son chemin.

14

Que se pouvaient dire l'eau et Ikoué, réunis après la tragédie ?

Confusément, le jeune Algonquin sentait que quelque chose, une chose qu'il ne parvenait pas à définir, n'allait plus comme auparavant.

Avait-il commis un acte répréhensible ? Mais lequel ? Il cherchait en sa mémoire ; tout n'avait-il pas été la plus parfaite union entre lui et son eau ? Jusqu'au moment du feu, jusqu'à ce moment même, il avait dialogué avec elle, simplement, uniment, sans heurt, sans discordance.

Il était seul maintenant avec l'eau et ne trouvait plus de mots à dire. Une angoisse le retenait.

(Et l'eau qui avait peine à se mouvoir sur les pierres, qui parvenait mal à se frayer un chemin dans les cendres, qui charriait des scories. Où était donc l'eau limpide des autres temps ? L'eau vive et jaillissante qui savait si bien bondir aussi, rêver lorsqu'elle s'étalait en un petit étang. Comment oublier l'étang, celui des castors, l'étang creux et long, dont l'eau était si claire, si immobile... ? Mais cet étang...)

— L'eau, dit Ikoué, mon eau...

Même la voix avait changé.

— Ce fut terrible, dit-elle. J'y songerai toute ma vie. Le feu m'asséchait, me tirait hors d'ici, m'emmenait avec lui dans le ciel. Ikoué, je criais ton nom...

Confus de n'avoir point entendu l'appel, Ikoué baissait le regard.

— Rien n'était plus semblable, dit-il. Le feu était partout. Si je n'avais fui, j'aurais péri.

— J'avais mes sources, dit l'eau. Jamais je n'aurais péri, du moins pas complètement. D'où je viens, dans la terre, il reste de moi tant d'eau froide qui peut jaillir... Mais ici, je souffrais. Sais-tu ce que peut souffrir l'eau que le feu arrive à vaincre ?

Ikoué le devinait.

— Je te demande pardon, dit-il. J'aurais dû essayer de te sauver.

— Non, dit l'eau, ne demande pas pardon de cela. Tu n'aurais pu rien faire. Contre le feu, tu étais plus vulnérable que moi encore.

— J'aurais pu essayer.

— Mais comment ?

— T'endiguer là-bas, au-delà du feu. Je ne sais pas, tenter quelque chose...

— Tu as fui, c'était la seule chose à faire. Tu as d'ailleurs, un autre pardon à demander...

Ikoué ne comprenait pas.

— Qu'est-ce que tu veux dire ?

— Ce que tu as fait...

Il tentait de toucher l'eau, de plonger sa main, mais il se souillait de scories.

— Attends, dit l'eau. Ici, ce n'est plus comme auparavant. Je ne puis te parler.

Comment en effet poursuivre le dialogue, puisqu'il fallait qu'Ikoué fût très près de l'eau ? Dans cette saleté, dans cette cendre. Déjà ses vêtements étaient maculés.

— Retrouvons-nous plus haut, dit le ru. Là, mon eau est fraîche encore, et limpide. Remonte mon courant.

Il se mit en marche.

— C'est loin, dit l'eau, arme-toi de patience.

— Je sais.

— Le feu a été grand, il a détruit tout notre pays presque.

— Oui, dit Ikoué.

Il marcha encore.

— Va, disait l'eau, ce n'est plus bien loin.

Il marcha toujours.

— Là-bas, disait l'eau, il y a des bosquets, les arbres sont verts. Il a plu et toute la verdure est rafraîchie. Tu trouveras un endroit presque semblable à celui que nous possédions. Il est plus haut que ton lac de chasse. Allons, va...

Il atteignit l'endroit désigné au bout de quatre heures. Il était fourbu, noirci de cendres. Il avait dû franchir de grands espaces carbonisés, se frayer un chemin dans les débris de la forêt. Mais l'eau n'avait jamais cessé de l'encourager. Quand il fut rendu, elle l'arrêta. Ici, dit-elle, tu vois comme cela ressemble à l'autre endroit ?

Il y avait un terre-plein de mousse, mais elle était verte et humide, celle-là. Et des bosquets abritaient le ru. Ce qui perçait de soleil venait par rais fins et dardants qui moiraient la surface de l'eau.

— C'est beau, dit Ikoué. Mais il avait sommeil.

— Dors, dit l'eau, repose-toi. Demain, nous parlerons.

Il dormit pesamment, sans rêve. Son corps était épuisé, mais surtout, il avait du chagrin, car il venait de traverser la forêt défunte, les ruines de ces bois accueillants où il avait si longtemps erré. Tout en lui était révulsé, il avait besoin de fuir. Et la fuite la plus immédiate, la plus complète, c'était le sommeil. Alors, il dormit.

Quand il s'éveilla, une nuit s'était écoulée et c'était le tard de l'aube, le début du matin brillant. Le gris et le mauve n'étaient plus, et le soleil déjà traversait les feuillées.

L'eau était limpide, claire comme du cristal. Elle chuchotait, même elle semblait chantonner un air qui resta en Ikoué, un air sur quatre notes, étrange, un peu triste au fond, malgré son rythme gai.

— L'eau ? L'eau, bonjour...

Il collait contre elle son visage noirci de cendres.

— Je me lave, dit-il. Avec toi je fais disparaître tout ce noir.

Il plongeait le visage dans l'eau. Il s'en enduisait le front, les joues, le cou. Puis il se penchait de nouveau et buvait.

— Au-dedans, disait-il, et au-dehors. Les deux. Nos marques d'amour.

Et il riait.

Après, il trouva des baies comestibles qu'il mangea. C'était août et les fruits étaient mûrs à point, sucrés. Il se régala.

Puis il revint près de l'eau et s'allongea par terre.

— Hier, tu as parlé bizarrement, dit-il. Ce pardon, quel était-il ?

Un silence.

— Tu ne dis rien ?

L'eau bougea un peu.

— Je me recueillais. Je dois prendre garde à ta colère. Si je veux que tu restes...

— Mais dis !

— Ne sois pas impatient. Si tu réfléchis bien, tu comprendras peut-être sans que j'aie besoin de parler. Songe à l'eau que j'étais dans l'étang, alors que j'étais large et profonde. Je noyais la mousse. Puis tu as voulu renvoyer les castors...

— Oui.

— Je te laissais faire...

— Tu m'aidais.

— Oui. J'attendais aussi. Vois-tu, nous vivons par étapes jusqu'au jour où, ayant tout appris de notre chemin, nous pouvons filer tout droit, sans arrêt, sûrs que nous sommes de ne plus jamais errer.

— Vraiment, je ne comprends pas.

— Je t'ai dit, Ikoué, après que les castors furent partis, que nous pouvions le regretter. Que tu pourrais, toi, t'en vouloir d'avoir dérangé l'ordonnance de la nature.

Ikoué, immobile, regardait l'eau. Il commençait à comprendre. Lentement l'image se faisait en lui. Si les castors étaient restés en place, si l'eau était demeurée un étang...

— Tu voulais que je te délivre ! dit-il.

— Je voulais surtout t'éprouver. Je t'avais enseigné des choses, Ikoué. Plus de choses que tu n'en sus jamais auparavant. Il en restait beaucoup à révéler... Celle-là, par exemple. Et je te disais ma peine d'être enfermée là, d'être confinée. Je songeais que tu aurais dû comprendre par toi-même, décider par toi-même. Mais il a fallu que tu renvoies les castors...

— En libre échange, dit-il, de plein consentement mutuel. Eux, toi, et moi...

— Moi, dit l'eau, j'attendais. Je savais ce que nous savons tous, nous de la forêt. Ce que les arbres savent, et les plantes, et les bêtes, et toutes les eaux mes parentes. Ainsi ordonne la nature, pourquoi en changer le cours ? Ce n'est pas de la résignation seulement, mais la compréhension aussi. Car la nature a créé partout sur la terre un équilibre que nul ne doit rompre sans subir les conséquences. Toi, en renvoyant les castors, en libérant mon lit, tu as exposé de la mousse qui est aussitôt morte d'avoir trop vécu dans mes eaux. Et le soleil a provoqué dans cette mousse une combustion spontanée qui a détruit la forêt. Les arbres et les plantes sont morts, et combien de bêtes ? Rien ne sera plus semblable, dans tout le pays dévasté, à ce qui était auparavant...

— Je comprends, dit humblement Ikoué. Mais se pourrait-il aussi que ce même soleil de sécheresse ait pu allumer le feu ailleurs ?

— Le crois-tu, Ikoué ? Qu'en sais-tu ?

Il se fit une longue immobilité. Maintenant, ni l'eau ni Ikoué ne bougeaient, et toute la nature autour d'eux semblait attendre, elle aussi.

— Les plantes, dit au bout d'un temps le ru, savent que tu apprends ici ce matin de grandes choses. Les bêtes aussi. Même les insectes qui m'ont imploré tant de fois de faire de toi un être digne de cheminer parmi nous. Et je crois que maintenant, tu es prêt à entendre cet enseignement. Cette fois, il te sera donné en entier, sans oublier la moindre des choses...

Ikoué revint près de l'eau. Couché par terre, il posa sa joue contre la surface douce.

— Je suis prêt à les entendre, dit-il. Je te demande pardon, l'eau. Je vous demande pardon, toutes les bêtes, toutes les plantes et même toi, le sol, de vous avoir offensés.

Puis, il écouta ce que disait l'eau.

Alors, tout ce jour-là, et tous les jours d'ensuite, jusqu'à ce que la science merveilleuse ait été étalée en son entier, l'eau enseigna à Ikoué les raisons et les projets, les causes et les effets, les ordres et les servilités de la nature.

Afin qu'à tout jamais, Ikoué cheminant dans ces bois soit un être de savoir et de compréhension. Qu'on le dise partout bien digne d'habiter ces lieux, qu'il y passe en maître bon, qu'il en soit la richesse et l'espoir.

Qu'importe si, chez les Blancs, on le désigne par des épithètes méprisantes, qu'importe qu'on appelle son silence de l'ignorance ? Que les Blancs le croient inférieur ne pourra plus jamais changer qu'en Ikoué, comme en tous les hommes faits de sa race, réside la communion parfaite avec les puissances du ciel et les forces de vie.

Tel qu'en l'ordonnance même de la nature, il doit en être chez tous les gens de Sang.

Achevé le 15 juin 1962,
à bord du cargo yougoslave
Luka Botic,
au large des Açores.

lexique

Alevin : jeune poisson destiné au peuplement des rivières et des étangs.

Astuce : adresse à tromper pour nuire ou tirer avantage de quelqu'un, d'une bête, artifice, rouerie, ruse.

Béat : exagérément satisfait et tranquille ; qui exprime la béatitude.

Bruire : rendre un son confus ; murmurer

Calfatage : opération qui rend étanche les parois d'un navire, d'une hutte exposée à l'action de l'eau.

Draîner : débarrasser un terrain de l'excès d'eau. Assécher, assainir.

Dict : vieux mot français signifiant parole, discours.

Fleure : répandre une odeur agréable. Exhaler, sentir, embaumer.

Foulée : trace que la bête laisse sur l'herbe ou les feuilles mortes. Piste, trace.

Frai : ponte des œufs par les femelles des poissons.

Hase : femelle du lièvre ou du lapin de garenne ; (vivant en liberté).

Lamper : boire d'un trait ou à grandes gorgées.

Meute : troupe de chiens courants, dressés pour la chasse. Troupeau de loups.

Palabre : discussion interminable et oiseuse. Pourparlers, discours, paroles.

Pépiement : petit cri de jeunes oiseaux.

Pupille : enfant pris en charge par une collectivité.

Prédateur(trice) : animal qui se nourrit de proies.

Ru : petit ruisseau. Ruisselet.

Sapience : sagesse et science.

Sourdre (sourdait) : se dit de l'eau qui sort de la terre. Filtrer, jaillir.

Tapir (se) : se cacher, se dissimuler en se blottissant.

Ténu : de très petites dimensions ; très mince, très fin.

Traquage : action de traquer, de poursuivre le gibier.

Truffe : extrémité du museau chez le chien, le loup...

Usufruit : droit réel de jouissance sur une chose appartenant à autrui.

CANADIANISMES • RÉGIONALISMES • NÉOLOGISMES

Aouenh ! : Awenh ! mot algonquin : particule d'approbation, de joie, de remerciement, maintenant hors d'usage.

Aouenen kin : Awenen kin ? mot algonquin : qui es-tu ?

Aya / Ayé : mot algonquin : formule d'assentiment, d'approbation.

Ensablure : régionalisme pour ensablement : dépôt de sable formé par l'eau ou par le vent.

Gackibitagan : mot algonquin : petit sac dans lequel on range les petites choses qui sont d'un usage courant comme la pipe, le tabac pour les hommes ; l'étui, le fil pour les femmes.

Hanchu : régionalisme signifiant fort des hanches.

Kijewatis : Être généreux, libéral, bienfaisant.

Kije Manito : Grand Esprit. Manito : Esprit, génie.

Mikiouam : mot algonquin : mikiwam : logis, habitation, cabane, maison.

Pack : emprunté à l'anglais : troupeau de loups, bande de loups.

Pécan : nom vulgaire de la martre du Canada.

Shamans : mot algonquin : principes, lois, préceptes.

Tipi d'écorce : tipi, mot algonquin : abri, cabane.

Trails : mot emprunté à l'anglais : sentier, piste, trace ; comme verbe : traquer une bête.

table des matières

Achevé d'imprimer à Montréal, par Les Presses Elite, pour le compte des Éditions Fides,
le dix-septième jour du mois de février de l'an mil neuf cent soixante-dix-sept

Dépôt légal — 1er trimestre 1977 Bibliothèque nationale de Québec

COLLECTION DU GOÉLAND

Dans ses voyages au long cours, le goéland, cet oiseau marin, survole les continents de l'Arctique à l'Antarctique. Il plane sur les côtes et les baies, les lacs et les rivières jusqu'à l'intérieur des terres.

La collection du Goéland, par la diversité de ses auteurs et de ses sujets, vous propose de le suivre dans ses merveilleux voyages au fil des mots.

Dans la même collection :

Le garçon au cerf-volant (Monique Corriveau)

Jeanne, fille du roy (Suzanne Martel)

Les saisons de la mer (Monique Corriveau)

Le dernier-né des Cailloux (Suzanne Rocher)

Le sorcier d'Anticosti (Robert Choquette)

Andante (Félix Leclerc)

Adagio (Félix Leclerc)

Allegro (Félix Leclerc)

En pleine terre (Germaine Guèvremont)